1

Elle va venir. Respire par le ventre. Garde en mémoire la scène que tu as répétée tout à l'heure dans le métro. Sois insupportable au début. Silencieux de temps en temps. Le silence suggère une grande fragilité. Un cœur d'enfant en attente d'une histoire sublime.

Ne pas faire les choses à moitié. Prendre une douche. Changer de vêtements. Arriver en avance. Dans la rue, héler un taxi avec conviction. Oublier les répliques habituelles pour mieux les murmurer. Paraître le plus sincère possible. Choisir une table calme dans le bar à la mode que l'on a proposé sans trop savoir pourquoi. Faire en sorte que cette table offre une vue discrète sur l'entrée. Commander un verre. Sourire. Vérifier qu'elle n'a pas laissé un message de dernière minute. Un message de dernière minute signifie toujours la même chose. En fait, je ne viens pas. En fait, je refuse que tes lèvres se collent aux miennes, je refuse ton sexe dans ma bouche, je refuse de soupirer sous un corps nouveau, en fait, je refuse de devenir folle, je refuse ton visage gêné à l'instant où ton cerveau inventera une excuse pour t'en aller, je refuse ma jalousie et ta future inconstance.

Pas de nouveau message. Elle va débarquer. Juste un peu de retard. Dix minutes. Rien. La moindre des choses. Observer les gens qui s'installent, les amoureux qui se retrouvent, les amis qui se racontent l'affreuseté du couple. Vingt-cinq minutes. Elle s'est probablement attardée dans la salle de bains, peut-être a-t-elle peiné à retrouver sa lotion pour les seins. Consulter ton portable. Un nouveau message. Une femme (la tienne) :

« Je voulais juste te souhaiter bonne chance pour ce soir, mon amour. C'est très courageux de travailler si tard. Je t'embrasse. Ne t'abîme pas trop les yeux sur l'ordinateur. »

Éteindre le portable. Commander d'urgence un deuxième verre.

À ce moment précis, toujours à ce moment précis, une fille arrive dans le bar qui ressemble à celle qu'on attend. De la main, on esquisse un signe que l'on regrette déjà. Mais la fille nous a vu. Elle baisse les yeux. On vient de lui faire peur. Nous sommes, à présent, une honte vivante. Finir le deuxième verre. Aller dans le répertoire téléphonique. Son portable. Messagerie. Ne pas laisser de message.

D'ailleurs, peut-être qu'elle est presque là, peut-être qu'elle court sous la pluie, peut-être que ce matin, sa première pensée fut pour ce rendez-vous, peut-être a-t-elle envie de toi, peut-être est-elle amoureuse, après tout, peut-être même qu'elle a entendu sonner son portable, et que, sachant qu'il ne pouvait s'agir que de toi, elle n'a pas pris la peine de répondre parce que cela ne sert à rien de répondre pour dire « j'arrive tout de suite », puisqu'elle arrive tout de suite. Peut-être que tu as raison depuis ton enfance. Peut-être que la terre est minuscule et qu'il était inévitable que tu croises cette fille un jour dans un couloir.

Cette fille et personne d'autre.

Il existe une autre possibilité. Morte aujourd'hui. Accident de voiture. Rupture d'anévrisme. Suicide. Trop de bonheur. On ira à son enterrement. Un peu en retrait. En spectateur mystérieux. On l'aimera toute sa vie.

Peut-être se trouve-t-elle déjà dans ce bar et qu'elle n'a rien entendu avec cette musique, peut-être son portable est-il en mode vibration. Se lever, scruter la salle. Vérifier sous les fauteuils. Enfin son numéro s'affiche. Un numéro étrange, avec plein de zéros partout. C'est presque mauvais signe.

Un problème de famille. Un simple problème de famille. Une famille ? Quelle famille ? Sa mère. Sa mère, évidemment. Il faudra faire quelque chose, un jour, contre les mères.

« Une autre fois, est-ce possible ? »

Commander un troisième verre malgré le regard du serveur. S'en moquer. Boire le verre d'un trait. Partir sans laisser de pourboire.

Louer *Presque célèbre* en DVD. Ne pas réveiller sa femme. Prendre un cachet pour dormir. Voilà, c'est beaucoup mieux.

À la semaine prochaine.

2

Un soir, Frank n'a plus mal au dos.

Un soir, la peur de s'endormir se calme et les matins valent presque la peine d'avoir été vécus.

Il suffit de regarder la façon dont elle plonge dans une piscine des Alpes-de-Haute-Provence pour s'en persuader. On est heureux d'avoir tenu le coup jusqu'à cet instant-là.

Elle est arrivée par hasard dans le couloir de l'entreprise. On lui a proposé une entrevue le soir même. Elle nous a traité de tyran. On avait trouvé ça joli. Le soir d'après, un problème de famille, donc. Un café. Une mère. On avait pensé à Bénédicte toute la nuit.

Ensuite, il a suffi de la regarder faire. Un spectacle. Son visage fin, ses gestes amples. L'Allemagne et la France enfin réunies. Sa robe mauve, sa bretelle de soutien-gorge qui dépasse un peu, son corps de conquérante (ce sera pour plus tard), ses yeux sombres et vifs. Pour l'instant, on aime son visage au point que se faire une idée de son corps ne nous intéresse pas vraiment.

On ne sombre pas tout de suite. On s'approche. Il est encore temps de s'en aller. Je n'ai pas envie de partir. J'aime ses histoires sur le monde et sa façon de rendre sexy la politique rien qu'en l'évoquant. Elle boit sa bière comme personne. Je décide de rester alors que tout le monde s'en va. Je lui propose un digestif. Elle accepte. Je ne suis pas encore tombé. Je me persuade qu'un verre, ce n'est rien. Nous allons au China Club. Elle commande un white-russian, le genre de commande à faire fondre n'importe quel type dans mon genre. Je souris devant le drame qui se pointe. Le drame n'est pas encore présent, donc le drame n'existe pas. Un serveur s'approche, jamais on n'aurait imaginé que le danger vienne d'un serveur. Un serveur, a priori, c'est inoffensif. Un serveur, on ne se méfie pas.

Le serveur annonce qu'une table romantique dans le salon du premier étage vient de se libérer.

Nous montons. Un canapé rapproche nos deux corps. Le gouffre à quelques centimètres. Un gouffre calme, apaisé. Elle boit beaucoup. Je pense à ma femme. C'est une pensée assez lointaine, un rendez-vous chez le dentiste. Si tu embrasses cette fille, tu ne pourras ni mentir ni cloisonner. Si tu approches encore un peu tes lèvres de cette fille, les années qui viennent vont être modifiées. Le goût de ses lèvres. Les vies sont ainsi faites, elles tiennent le coup des décennies entières, puis basculent sur un baiser. Embrasser quelqu'un qu'on aime et qu'on ne connaît pas est une drôle d'idée. En faisant cela, on suppose assez facilement les bonheurs et les emmerdements à venir. Une poignée de secondes en guise de départ inéluctable. Un départ étrange, confortable et doux. Ensuite, des nuits blanches, des ennuis par milliers, des lâchetés à résoudre. Ensuite, mais demain. Cette nuit d'abord, cette nuit, serveur, je voudrais la même chose. Cette nuit est une grande histoire. Cette nuit, dans la ville, deux silhouettes hésitent sur un trottoir puis décident d'aller faire l'amour dans une chambre d'hôtel près de Montparnasse. Plus tard, le barman de l'hôtel offre un cocktail et tous les gens deviennent vos amis. Tous, sauf ceux d'avant. À l'aube, tu te retrouves rue de Charonne. Inutile d'écouter les messages alarmants sur ton portable. Savoure encore un peu. Ton costume de la veille, le même en un peu plus froissé. La même rue que la veille, en beaucoup plus familier. Tu as terminé ta nuit chez elle. Tu as terminé la nuit chez Bénédicte. Ce matin, vous avez refait l'amour. Il est sacrément agréable d'aimer quelqu'un au point de refaire l'amour avec le lendemain matin.

L'entreprise de ce jour est capable d'euphorie et de sourires particuliers. Il est toujours temps de savoir ce qu'on va devenir. D'abord, prendre un café. Sortir de son paquet en accordéon une cigarette en mémoire de la nuit passée, l'hôtel avec Bénédicte, la rue de Charonne avec Bénédicte, la couette et les lunettes de Bénédicte ce matin-là. Savourer sa cigarette avec la main qui tremble. Se réjouir de la veille en musique avec la FM du bistrot. Être fier des marques rouges qu'elle vient d'inscrire sur ton cou et s'amuser de tes courbatures. Avoir la sensation que ton corps vient de passer à l'intérieur d'une lessiveuse étrange, capable de réinventer de nombreuses couleurs. Et même certaines qui n'existaient plus.

3

Certaines personnes, à Paris, ne se séparent jamais. Ce sont des victimes volontaires de la « vie en couple ». Des héros ou des lâches selon l'heure des repas. Dans la salle de bains, une victime volontaire de la vie en couple écoute le dernier message de Bénédicte sans oser répondre pour ne pas faire de bruit. À Paris, le soir, les mots d'amour s'échangent en fraude dans les salles de bains avec un téléphone portable. C'est la raison pour laquelle, vue d'avion, la ville scintille à ce point. L'homme regarde sa femme qui dort avec le sourire. À quoi rêve-t-elle ? De futures vacances ? Un week-end ? Je ne crois pas. La femme fait semblant de dormir, comme tout le monde. Et les salles de bains qu'on allume le soir lui donnent envie de pleurer.

Un soir, Frank se retrouve seul, à boire à un vernissage rue Mazarine.

Paris est devenu minuscule. Un bar lui rappelle un baiser. Un restaurant, des retrouvailles. Un hôtel, le goût d'un sexe. Un café, des promesses. Un cinéma, des murmures exaltés. Reste ce vernissage de la rue Mazarine. Aux murs, des photos représentant deux êtres qui font l'amour dans un liquide amniotique, deux êtres qui baisent au chaud, à l'intérieur du ventre de leur mère. Frank fume une cigarette en regardant ça. Une exposition. À Paris, la sexualité commence tôt. Notre homme boit du vin dans un gobelet en plastique. Ce doit être japonais pour être aussi bien.

Une poussette agace son œil. Il songe à Bénédicte. Un enfant, après tout, pourquoi pas. En attendant, on devrait interdire aux couples qui se portent bien les vernissages, les terrasses de bistrot et tous les endroits où peuvent se perdre des gens comme Frank. Paris devrait être réservé aux dépressifs et aux inconstants. Frank trouve la poussette du couple encombrante. Une sale poussette. Une poussette qui lui rappelle le cadavre qu'il va devenir.

Le couple se rapproche. Frank connaît cette fille, cette femme, accompagnée d'un homme trop attractif à son goût. Frank redoute cette fille. Frank est devenu paranoïaque. Le couple se dirige vers lui. Frank a 32 ans, il y a dix ans, sa vie sentimentale débouchait déjà sur de l'inconséquence partout.

Le couple lui fait face. La femme surtout. Suzy. Combien de mois avec Suzy, en face de Frank, les deux mains sur sa poussette. Suzy, le visage enjoué, la maternité sympa, combien de mois avec Suzy ? Six, douze ? Comment étaient ses yeux le jour où Frank l'a quittée ? Est-ce que son père l'a prise dans ses bras pour lui dire de ne pas s'en faire, que les choses, tôt ou tard, allaient s'arranger ?

Se souvient-elle du sexe inracontable qu'ils ont pu faire ? De ce qu'elle aimait étrangement pour son âge, déjà, et avec ardeur ? Est-ce que tous les amants se mélangent dans le souvenir de cette fille pour ne faire qu'un vaste tas jusqu'à son mari ?

Et Frank, combien de déclarations éternelles, de propositions d'enfant ? Il marche vers elle. Maintenant, les femmes concrétisent ses propositions d'enfant. Frank embrasse Suzy. Il voudrait connaître, au chiffre près, le nombre de souvenirs qu'elle garde de leur histoire. Dans les yeux de Suzy, Frank ne perçoit rien. Il faudrait faire quelque chose pour cette fille. Peut-être lui prendre le pouls. Tout cela est assez difficile. Frank n'aura jamais d'enfant avec Suzy. C'est une information suffisante. On doit se faire à cette idée. On doit se faire à l'idée qu'à présent, les séparations deviennent définitives.

Frank sort dans la rue. Il fait son maximum pour prendre l'air. Les ruptures ne sont jamais des renaissances. Les choses se poursuivent sans vous. Frank est satisfait de sa « vie en couple ». Il connaît bien sa femme. Il l'apprécie. Il ne faut pas se moquer. Apprécier, c'est important. Frank ne doit pas répondre à Bénédicte qui l'appelle sur son portable. Il doit laisser cette jeune fille sourire à quelqu'un d'autre. À Paris, un mobile qui sonne dans le vide est une histoire d'amour qui touche à sa fin. Frank jette un dernier œil sur les photos de la boutique, sur ce gosse en plastique qui baise dans un liquide amniotique, qui fait l'amour faute de mieux, qui boit jusqu'à finir dans les vernissages de la rue Mazarine.

4

Je lui avais donné rendez-vous à 10 h 30, gare Saint-Charles. Je crois qu'elle commençait à me manquer. Je crois que ce jour-là, j'ai réalisé qu'elle avait déjà grandement gagné sa place parmi les choses que j'allais regretter toute ma vie. Elle partait pour un an faire des photos loin d'ici, dans un endroit sans hôtel quatre étoiles, un endroit où des types étaient capables de se faire sauter pour une cause politique. Un endroit incompréhensible pour un type comme moi. À Paris, dans un café, je l'avais regardée en plissant les yeux sans vouloir la convaincre de quoi que ce soit. Elle n'était pas une fille à changer d'avis. Bénédicte n'était pas une fille douée pour la distance et les concessions. Ce n'était pas une fille pour moi. C'était le genre de fille qui tirait sur sa chaîne jusqu'à ce que son poignet cède. Je voulais rester à grande distance des émotions fortes. J'avais pour les années à venir le projet de retrouver un semblant de sommeil. Je n'aimais pas sa liberté, sa façon de parcourir la ville à pied et de vouloir fourrer son nez dans chaque coin bizarre du monde où des balles fusaient.

J'ai pris une douche et ouvert le minibar. Il restait une mignonnette de vodka. Ma chambre se trouvait sur la Corniche, avec une vue sur les calanques. Ma chambre sentait la cigarette et la nuit blanche devant la télévision. J'ai réalisé que j'allais mourir un jour ou l'autre. J'étais en avance. J'avais tenté de la prévenir sur mon affaire, de lui dire que ce qu'on racontait sur mon compte n'était pas totalement faux, que je n'étais qu'une immense tromperie. À Paris, dans ce café, elle avait ouvert de grands yeux. Ensuite, elle avait ri, un bon rire sonore et trébuchant. Un rire qui me voulait du bien.

Le chauffeur de taxi est passé devant le Stade Vélodrome. Le chauffeur de taxi s'appelle Georges (46 ans), sa voix fait plus jeune que son visage. La voiture s'arrête en face d'un fleuriste. C'était le genre de geste qui pouvait faire venir Bénédicte à 10 h 30, gare Saint-Charles.

Un soir, toujours à Paris, cette ville magnifique, je lui avais avoué le nombre de gens que j'avais déjà trahis.

« Il est impossible que tu puisses miser sur moi, avais-je sifflé.

— Je ne joue pas au casino.

— ...

— Je suis amoureuse de toi, c'est différent.

— C'est exactement la même chose. »

Elle avait coupé court à ma réplique en glissant deux doigts dans sa culotte. Lentement, elle m'avait caressé la joue avec sa main humide.

« Non, ce n'est pas exactement la même chose.

— ...

— Il faut avoir confiance, un peu. »

Voilà sa dernière phrase. Une phrase incroyable pour une fille de huit ans de moins que moi. On avait presque envie de la croire.

Je suis revenu dans le taxi avec un bouquet de tulipes. Georges avait flairé le camarade derrière le client. Le camarade riche et alcoolique. Il regrettait la Canebière d'avant. Le soir, il jouait au rami avec sa mère. Parce que les mères ont du bon parfois. Un homme tout à fait généreux, Georges.

« Ma fiancée arrive par le TGV de 10 h 30. J'aimerais trouver un beau restaurant pour ce midi. »

Georges paraissait d'accord avec cette idée. Devant la gare, j'ai réglé la course en lui proposant d'attendre que l'on revienne. Je me suis posté sur le quai. J'ai décidé de ne jamais arrêter de fumer. Je voulais qu'elle arrive. J'en étais sûr maintenant. Cela faisait pas mal de temps que je n'avais pas désiré quelqu'un à ce point.

Le train est arrivé à l'heure. Les portes du TGV se sont ouvertes. Quelques personnes, bien décidées, sont arrivées vers moi, puis ce furent des grappes entières, puis je n'ai plus vu grand-chose. Des familles qui se retrouvent, des amoureux enfin réunis, des voyageurs certains de leurs futures journées. J'ai patienté jusqu'aux personnes âgées, jusqu'aux marginaux, j'ai pensé, Elle est dans ce train, mais souhaite me prouver que rien n'est gagné pour autant, qu'une explication s'impose. J'étais d'accord pour évoquer chaque sujet avec franchise. Mais les types du nettoyage sont arrivés et j'ai écrasé ma cigarette.

J'ai acheté tout ce que je trouvais comme presse dans le Relay. Un acte compulsif. Je suis revenu lentement vers Georges, garé dans les « taxis réservés ». J'ai pris les devants afin d'éviter un malaise réciproque :

« Ma fiancée a pris le train précédent. Elle vient de me laisser un message. Elle voulait me faire la surprise. Elle m'attend sur la terrasse de la chambre d'hôtel. »

Georges a jeté un coup d'œil discret dans le rétroviseur intérieur puis a enclenché la première. Nous avons évoqué sa fille qui passait le bac, la démarche de Chris Waddle et ce fameux patron de l'Olympique de Marseille :

« Il m'a fait rêver. Ce n'est pas donné à tout le monde de me faire rêver. D'accord, il a triché. Mais il faut bien tricher un peu pour faire rêver les gens. »

Un mot m'attendait sur l'oreiller de la chambre. Bénédicte n'exigeait pas beaucoup. Juste ce que je n'étais pas capable de lui donner. Bénédicte ne viendrait pas. Bénédicte demandait qu'on ne la rappelle plus. On comprenait. Même, on était d'accord. À sa place. Non, à sa place, je serais venu. Mais je ne suis pas un bon exemple.

J'ai fumé une autre cigarette. Je n'avais prévu aucune journée de rechange. Mon côté superstitieux. Je suis ressorti de l'hôtel. Je voulais marcher. Après quelques mètres, j'ai vu le taxi sur la Corniche. Georges était assis, le regard fixé sur la route, les mains sur le volant comme un pilote de course, prêt à démarrer. Je n'ai pas trouvé gênant qu'il m'attende. Je me suis installé dans sa voiture sans un mot. Nous sommes restés une bonne minute comme ça.

« Si vous voulez, je peux vous emmener à la baie des Singes. C'est un endroit qui permet de récupérer. Ici, on l'appelle le bout du monde.

— Va pour le bout du monde. »

Georges a branché la musique avant de se mettre en route. Des chants corses.

Il n'a pas cherché à comprendre. C'était le genre de type qui suivait son équipe de football depuis des années. Il savait les faiblesses et les passages à vide.

Il savait qu'on ne pouvait pas trouver d'explication à tout.

HISTOIRE DE VINCENT

1

Il faudrait raconter la mauvaise passe de Vincent en cette minute. Son embauche chez Bayer en 1997, son sens inné du médicament et de la motivation d'une force de vente. Raconter sa facilité inaltérable à séduire les médecins et son incapacité à s'endormir. Raconter son application pour donner des ordres de fabrication à l'usine et sa peur du vide perché sur un escabeau. Raconter sa défense sans faille des produits Bayer et cette jeune fille croisée lors d'une fête catastrophique. Il faudrait raconter l'achat de cette maison à cent kilomètres de Paris comme dans un vieux film américain et la lente, très lente, suite de petits événements qui vont le conduire à cette soirée-là.

Notre homme quitte le salon. Ses muscles sont douloureux. Il lui arrive encore de bander sans raison particulière, mais beaucoup moins qu'avant. Au fond du jardin, il chantonne un air connu, un air a priori convivial. Il inspecte la rocaille, les mauvaises herbes, le tas de bois. Il s'empare d'une bûche et revient vers sa femme avec quelque chose de solide dans la main.

Nous sommes dimanche.

La télévision diffuse un reportage sur les grandes surfaces, informatif et divertissant. Une femme (41 ans), chef du rayon produits frais dans un hypermarché, une femme aimable (80 kilos), est filmée pendant vingt-cinq minutes en première partie de soirée. Face à son ordinateur, elle sourit avec gourmandise à l'idée d'avoir fait son chiffre d'affaires. C'est un bon reportage. Un reportage qu'il est possible de regarder avec l'impression d'apprendre quelque chose sur les plats préparés, malgré tout.

Sur la pelouse du pavillon d'à côté, deux gamins jouent sur une couverture à s'aimer comme des époux. Le soleil n'est pas encore parti. Ils profitent. Sur la pelouse du pavillon d'à côté, nous sommes dimanche aussi, et les deux mômes n'ont pas encore besoin de reportages pour tenir le coup.

Florence tient le nouveau-né dans ses bras. Le menton légèrement relevé, elle dit : « Des façons de danser avec une fille, tu en as des milliers, y compris celle que tu as choisie, en lui tenant la main, en lui parlant dans le creux de l'oreille. » Vincent aimerait ne rien répondre du tout, qu'elle comprenne sans phrase, sans marchandage, sans combat sur chaque détail.

Des flammes encerclent la nouvelle bûche. Le jeune homme fixe le feu puis la photo de mariage placée sur la commode. Une belle fête. Un escalier en bois qui donne sur l'océan dans le sud-ouest de la France. La cérémonie devait avoir lieu sur la plage. À la moitié du parcours, sa grand-mère ne pouvait plus marcher. Elle refusa qu'on la porte. La chaleur, l'âge, le grand jour. Vincent avait murmuré quelque chose au prêtre et celui-ci avait procédé au mariage au milieu des marches sous le soleil dur de ce début d'après-midi. Une veste, un gilet, une cravate, une chemise. Une sueur froide coule dans le dos de Vincent. Il laisse cette sueur se répandre en souriant.

Aujourd'hui, il articule :

« En fait, je vais partir ce soir. Je laisserai Antoine chez mes parents après dîner. Je serai à Paris vers 11 heures, je pourrai dormir à l'Ibis avant de repartir demain matin.

— Comme tu voudras. »

Il place l'enfant à l'arrière de la voiture dans un siège avec une sangle comme on en voit dans les navettes spatiales. Florence dépose un baiser rapide sur les lèvres de Vincent, et Vincent, à grande vitesse déjà, jeune mari au volant, Vincent, père d'Antoine, met l'autoradio plus fort, allume une cigarette, Florence n'est pas là pour un reproche supplémentaire, Vincent enclenche un CD mijoté par Alexandre, un vieux camarade, et le *Modern love* de David Bowie surgit par hasard, ce n'était pas prévu sur le CD d'un tel ami, il augmente le volume et les premières mesures tapent à l'intérieur des enceintes, guitare sombre et saccadée au début du titre, Vincent roule plus vite avec en tête les années passées, sans patron ni crédit à rembourser.

Vincent boirait bien quelque chose.

Avant, il était capable de débarquer en pleine nuit pour pallier la peine de cœur d'un vieux coéquipier. Il était capable d'une nuit blanche pour décrocher le geste d'une fille. Rien que le geste. Même pour un sourire, il aurait veillé tard. Ce n'est pas si loin.

Une voiture sur le bas-côté, des feux de détresse, un jeune couple, le visage du type est anormalement pâle. Vincent ralentit, il pense que le conducteur a dû se prendre un cycliste, mais devant le pare-chocs en sale état, c'est un chevreuil qu'il aperçoit. Les jeunes gens se sont serrés l'un contre l'autre. Aucun millimètre d'air froid ne pourrait trouver sa place entre ces deux-là. La voiture du couple est neuve, immatriculée 75. Elle suppose Paris tous les jours, pas un Ibis de la banlieue ouest mais Paris tous les jours, à toutes les sauces, le café sur une terrasse donnant sur une belle station de métro, des cocktails et des expositions formidables, une entrecôte à 4 heures du matin, si l'on veut.

Les amoureux demandent à Vincent pour le chevreuil. L'animal est blessé mais vivant, l'animal semble ne pas vouloir mourir tout de suite. Sur cette route totalement déserte, l'animal bouge encore et ses yeux sont grands ouverts. Pas un village, pas une habitation à des kilomètres, et le jeune couple qui offre à Vincent des regards d'enfants certains d'avoir rencontré le Sauveur, Qu'est-ce qu'on peut faire ? Vous qui êtes de la région ? De la région, de la campagne, pense Vincent, qu'est-ce qu'on peut faire, un dimanche soir, appeler un vétérinaire ? Appeler un vétérinaire, à cette heure-ci, il va mettre un temps fou à arriver et ensuite, que ferait-il, le vétérinaire ? Que fera-t-il de cet animal ? Alors quoi ? Téléphoner aux pompiers, à la police ? L'abattre, que faire ? Sur le siège arrière, Antoine pleure. Le nouveau-né n'aime pas que l'on s'arrête en chemin. Que faire ? demande le couple. Vincent ne dit rien. Il y a cette immense fatigue et la pluie qui commence à tomber. Il y a Paris encore loin.

Que faire ? Il y a les parents chez qui on doit déposer l'enfant. Que faire ? Et le couple qui tremble dans le froid, le couple qui commence à regarder ses chaussures, et la nuit qui approche, que faire, un dimanche soir ? On ne va pas laisser mourir ce chevreuil et s'en aller comme ça ? On n'est pas vieux à ce point ? Et cette fatigue partout, cette fatigue immense depuis quelques mois, cette décision déjà prise, cette fatigue qui n'arrête pas de tomber.

2

Vincent a retrouvé le navarin d'agneau « une personne », les bières au bar d'en face, les prénoms de femmes qui se mélangent, le linge sale par kilos, le coup de fil des parents dépités, la virée au supermarché pour quelques vêtements propres, de la mousse à raser, du déodorant. Vincent a retrouvé Paris, cette ville magnifique. Vincent a retrouvé ces types qui se penchent trop près pour répéter tant de fois la même chose. Vincent a retrouvé les cuisines qui se ressemblent et l'appartement d'une fille au matin, parfois.

Vincent a retrouvé la possibilité d'aller voir des expositions formidables.

Un studio en location. Comme avant. Il a fallu faire vite. Réapprendre à se réveiller malgré les cachets. De nombreux êtres humains sont passés par les nouveaux trente mètres carrés de Vincent. Que sont-ils devenus ? Est-ce que certains étaient pleins d'espoirs ? Est-ce que d'autres se sont écroulés ivres morts dans la salle de bains ? Est-ce que des enfants ont été conçus dans cette minuscule chambre à coucher ?

On espère qu'Antoine ira supporter son père dans quelques années, le temps d'une course virtuelle en Formule 1, avec deux câbles reliés à une console de jeux vidéo.

La douche est presque une bonne nouvelle. Le sommeil a été inégal, entrecoupé de nombreux souvenirs d'une vie passée que l'on redécouvre formidable. Le pire débarque sur le matin avec un cauchemar incroyablement réel : Florence retrouve Vincent dans un lieu public et refuse de lui pardonner son départ. Elle est avec quelqu'un d'autre, mieux, elle a choisi de refaire sa vie avec cette personne, ses parents sont à la maternité pour le nouvel accouchement. Le type est attentif, brillant, complet. Une autre naissance que la naissance d'Antoine. Même dans un rêve, Vincent peut reconnaître le goût du café tiède dans un gobelet à l'entrée d'une clinique et sa femme de nouveau enceinte. L'échographie, les étranges transformations. C'est incroyable, la faculté d'imagination de Vincent depuis quelque temps.

Dans l'entreprise, Vincent est de nouveau du côté des célibataires. Dans l'entreprise, les célibataires sont une minorité qu'on ne regarde pas. Trop de bons et de mauvais souvenirs dans le crâne du salarié en couple pour accepter de se frotter aux célibataires, à leurs actes imprévisibles, à leurs façons de prolonger l'heure des repas et d'être toujours un peu perdus la veille de Noël.

La minorité célibataire a trouvé refuge près du coin fumeurs, à côté du distributeur de boissons. La minorité célibataire fume, évidemment. C'est un endroit de l'entreprise peu investi par le salarié en couple. Près du distributeur, Vincent est rassuré : à l'intérieur de l'entreprise mais pas vraiment malgré tout. Disons juste à côté. Juste à côté, quelqu'un tire sur sa Benson légère en anticipant la bouffe et le film du soir. Qu'importe si le frigo est vide. On ira au restaurant. On n'ira pas. On ne mangera pas. Il n'y a rien de véritablement essentiel pour un célibataire. Un jour, une fille demande à Vincent :

« Aucune nouvelle depuis quatre jours, je dois rappeler ?

— Je ne sais pas. »

Une fille célibataire.

Le salarié en couple passe devant le coin fumeurs mais ne s'y arrête pas. Le salarié en couple n'a jamais les yeux dans le vague. Il navigue dans le présent, heureux enfin que ses gestes n'empestent pas l'incertitude. Le salarié en couple a arrêté de fumer. Il a repris le tennis. Il est imbattable en homéopathie, ainsi qu'en analyse de sang.

Vincent s'assoit sur la moquette, à quelques centimètres de l'arche de Noé. Une autre fille s'approche du coin fumeurs. Une fille étrangère à l'entreprise. Elle sourit à Vincent en mettant une pièce dans le distributeur pour son Coca light. Vincent connaît ce visage. Ce visage lui inflige une douleur à l'estomac. La fille se rapproche de Vincent. Elle se présente. Ils se parlent. Une camarade de Florence en stage ici, une camarade de son ancienne femme. La fille s'adresse à lui en faisant des gestes amples. Vincent est incapable de l'écouter.

L'amie de Florence enchaîne les questions et se contente de maigres réponses. Vincent ne peut ni la regarder ni respirer calmement. À la fin, il se rappelle que l'amie de Florence est mère de famille. Vincent lui demande comment va son enfant, elle répond « très bien ». Bonne nouvelle. Il existe donc – même à Paris – des gens heureux de vivre à deux au point de confectionner un autre être humain.

Vincent appelle l'ascenseur pour qu'elle s'en aille plus vite. Le sentant noyé, la fille annonce, faute de mieux, que Florence et Antoine se portent bien. Sans méchanceté, sans sourire. Seulement pour que les joues du jeune homme retrouvent un peu de vie. Alors Vincent, tandis que les portes de l'ascenseur se referment, Vincent imagine que Florence se porte bien, au soleil, nageant dans une piscine, sereine, nageant dans une autre vie.

À côté, dans l'entreprise, à peine toléré, il y a le coin fumeurs. Un coin provisoire. Le coin des cœurs en vrac, des célibataires, des ratés, des cancers en perspective, des camarades. Vincent se dirige à nouveau là, sans rien dire. Un peu gêné, le coin fumeurs ne fait pas référence à ce qu'il vient d'entendre. Il fait comme si la vie continuait. C'est ce qu'on appelle la délicatesse.

3

Elle m'a demandé de lui déposer Antoine au Wepler. Est-ce que tu réalises ça ? Est-ce que mon fils est une étrille, un tourteau ? Je te demande ? Est-ce qu'elle devine à quel point j'ai progressé dans ma vie sociale depuis notre rupture ? Mademoiselle travaille dans la même ville que moi, maintenant. Je suis arrivé avec Antoine. Elle prenait un verre avec un type. Un ami, je te présente un ami, elle me regardait bien dans les yeux en disant cela. Est-ce que tu peux croire ça ? Est-ce que tu peux croire ce foutage de gueule, ce truc bidon, cette amitié à coups de bite ? Tu vois, je suis quelqu'un d'ouvert. Dans le dictionnaire, ma photo pourrait se trouver à côté du mot « tolérance » que ça n'étonnerait personne. En plus, je suis un mec croyant. Très croyant. Je crois même en beaucoup de choses. Dieu, Satan, le hasard, les mouvements politiques et même les manifestations physiques et sportives, je suis capable d'y croire. Mais l'amitié entre un homme et une femme, va te faire foutre, je n'y crois pas.

La suite du programme ? La suite du programme est que l'on va continuer. La suite du programme est que je viens à l'instant de rompre définitivement avec Florence. Je recommence ma vie. Il me reste environ trente ans et j'ai décidé de bien finir tout ça. La suite du programme est qu'on se casse immédiatement et n'importe où mais dans un lieu chic où des filles qui possèdent un corps interminable font semblant d'être cultivées.

Bien sûr que je suis d'accord, elle fait ce qu'elle veut. Bien sûr que tu as raison, c'est moi qui suis parti. Bien sûr que je l'ai quittée en espérant quelqu'un d'autre. Merci de me rappeler tout ça, de prendre soin de ma personne à ce point. Merci Alexandre. Vraiment merci.

4

Les gens, après une séparation, ils deviennent quoi ? Monsieur, j'aimerais un verre, je suis prêt à faire la roue pour ça. Non, je ne suis pas alcoolique, je bois tous les jours, c'est différent. Le voyage à Colombey-les-Deux-Églises m'a donné envie de cul, un champagne s'il vous plaît, c'est incroyable les restructurations, tous les gens restructurent, même chez eux ils restructurent, même leurs vies, ils restructurent. Ils font Vivendi chez eux, les gens, même moi j'ai restructuré, surtout ne bouge pas, j'ai un double appel, non, plutôt mourir que d'aller au Gibus, ta robe est incroyable, chérie, tu sembles être née avec cette robe, non, jamais de long trajet en voiture, moralement, je ne supporte pas, je transpire, si, bien sûr que si, j'ai même fait Auxerre-Paris chaque week-end. Mais dans une autre vie. Non, je suis incapable de ça. Je suis hypocondriaque. Enfant, j'ai rencontré Amstrong, le vrai, l'Américain, depuis, c'est le Concorde et rien d'autre, enfin, c'était le Concorde, bonsoir, pardon, je m'appelle Vincent, non chérie, je suis célibataire avec un môme. Tu vois, tout est fait déjà. Je suis un rêve de petite annonce bel et bien vivant. Livrable clé en main. Si j'ai toujours vécu à Paris ? Mais je suis parisien, chérie. Je suis parisien. J'aime cette ville. Le pavé qui ruisselle après la pluie canal Saint-Martin, toute cette merde, j'adore. Non, je ne supporte pas ce type. Un écrivain, c'est un écrivain tout court. Oublie l'écrivain-journaliste, l'écrivain-chroniqueur, l'écrivain-télé, l'écrivain-radio, l'écrivain-médiatique. Seul l'écrivain tout court existe. Et encore, le mieux serait de le faire vivre en Bretagne sur un rocher. Pareil pour les poètes, tu ne verras jamais un vrai poète écrire un poème. Un poème, c'est dégueulasse, un vrai poète trouverait ça trop minable de faire un poème. Tu veux que je te dise, chérie, un vrai poète a autre chose à faire que de tirer la langue sur sa feuille avec un air appliqué pour pondre des alexandrins. Alors ce qu'il vous reste, du Bacardy même, je m'en tape. Bien sûr que si on me demande, je suis prêt à travailler gratuitement pour un journal trotskiste. On est d'extrême gauche, oui ou non ? Bayer, que tu le veuilles ou non, est une entreprise d'extrême gauche. La médecine, ma chérie. La médecine et le progrès. Et le progrès, ma chérie, le progrès est d'extrême gauche. C'est scientifique que ça baise beaucoup dans les hôpitaux, la mort d'un côté, le sexe de l'autre, le mélange est immanquable. Merci monsieur. Tu vois, un serveur, c'est important, ça ne restructure pas, un serveur. Ça se concentre sur des gestes précis sans chercher la lumière. Un peu comme un samouraï. Un peu comme un écrivain, en fait.

5

Au matin, sous un porche pisseux de la rue de Clichy, Vincent et Alexandre grillent une cigarette. Une fille vient de passer comme une flèche à bicyclette. Ses cheveux châtains lâchés sous la pluie. Vincent et Alexandre ignorent que cette fille se dépêche pour pouvoir photographier un début de manifestation place de la Concorde. Ils ignorent cette façon qu'avait Bénédicte de regarder Frank en souriant lorsqu'il commençait à jouir.

« C'est dans cet immeuble que Florence habite, maintenant.

— Je sais.

— Au troisième étage.

— Tu me l'as déjà dit.

— Il faut que je casse cette vitre.

— Pour quoi faire ?

— Pour lui faire payer ma bêtise, pour déposer des roses blanches sur son palier, pour lui faire peur, pour la faire culpabiliser, parce qu'elle me manque.

— Je te propose qu'on escalade les trois étages, plutôt.

— D'accord.

— Tu es sûr d'être en état ?

— Je suis clairement en état.

— La cocaïne ?

— C'est justement grâce à la cocaïne que je suis clairement en état.

— Tu devrais marcher seul un peu avant. Réfléchir à ta fuite, à l'avenir qui te ferait plaisir. Et puis, tu devrais manger quelque chose. Qu'en penses-tu ?

— J'en pense que je préfère pas. D'accord, il faut que je mange. Mais avant, il faut que je casse cette vitre.

— Bon, on rentre à Barbès, on termine le poulet aux clous de girofle, tu bois un peu de vin et je te montre ma cage aux oiseaux. Tu verras, il y en a qui viennent d'Afrique et d'autres de Nouvelle-Zélande. Tu verras, il suffit de s'asseoir sur une chaise et de les regarder faire. La nuit, ils dorment en couple, comme dans les pavillons à Nîmes ou Orléans, ils ont de l'orange sur le cou et du turquoise sur les ailes, et puis, il y a le diamant de Gould, fragile et dépressif, le plus capricieux de tous. Un désastre pour les questions d'équilibre. Il est sacrément jaloux. En ce moment, sa femme est en train de couver, tu verras, il monte la garde jour et nuit, un vrai tigre, avec un univers de plus en plus simplifié. Un mercenaire. Cette garde, au diamant, c'est devenu toute sa vie. Le premier volatile mâle qui s'approche un peu trop près du nid, il lui saute à la gorge. Mais jamais, jamais tu m'entends, le diamant de Gould n'aurait cassé une vitre à 5 heures du matin à cause d'un verre que Florence prenait avec un "ami" au Wepler. À la limite, il aurait refusé pendant quelques heures les graines qu'on lui propose et c'est tout. À la limite, il serait revenu au Wepler attendre qu'elle s'en aille et se serait posé sur le trottoir d'en face. Avec le bec triste pour faire belle figure et tous les gens qui traversent le boulevard. Au moment de sortir, Florence aurait trouvé harmonieux ce diamant à côté d'un caniveau.

— Alexandre ?

— Quoi ?

— Cet oiseau-là.

— Le diamant de Gould.

— Ouais

— Eh bien quoi ?

— Cet oiseau-là est un type bien. »

6

Je suis content de t'avoir croisée comme ça, par hasard, dans ce quartier. Surpris et content. Vraiment content *(la main sur le cœur)*. Que fais-tu dans le froid à République ? Moi, rien de précis, je marche, le dimanche j'aime marcher, oui, pourquoi pas, mais *(la tête levée)* je croyais que tu t'étais programmé un cinéma, d'accord, tu serais allée voir quoi, sinon ? Pas vu, je ne sais pas, peut-être un peu plus loin, tout simplement, le mieux est de faire au plus vite, ne pas trop se poser de questions *(léger ricanement communicatif)*, tiens, pourquoi ne pas entrer là, bonsoir monsieur, à toi la banquette, j'ai encore quelques souvenirs de nous deux, tu sais, ça va, ça va doucement mais plutôt bien, j'ai arrêté ce boulot dans la production tu sais, ça ne me plaisait pas vraiment, trop de contraintes, pas la moindre chance de se réaliser, de réaliser tout court d'ailleurs. Florence ? *(sourire gêné)*, non, Florence, c'est fini depuis longtemps, vraiment ? Ah oui, tu croyais ça, comme c'est drôle, non, ça n'a pas duré très longtemps en fait, beaucoup trop de différences entre elle et moi. Elle n'aimait pas ce que j'étais. Je n'aimais pas ce qu'elle était. Oui, c'est vrai que l'on s'aimait beaucoup. Bayer ? Je suis resté un an, c'est tout. Ce travail n'était pas compatible avec mes convictions, tiens, c'est bizarre que je pense à ça, mais hier, sur FIP, je suis tombé sur cette chanson de Sinatra, cette chanson que tu adores, *It was a very good year*, tu te rappelles ? Non merci, monsieur, moi non plus, pas d'apéritif, on va prendre du vin tout de suite, hein ? Du vin pour commencer, non, je t'assure, je vais mieux, je préfère vivre comme je vis maintenant. Au fait, comment va ton grand-père ? Ah, je ne savais pas, je ne pouvais pas savoir, je l'aimais beaucoup, tu sais.

Bah, disons que je mène la vie d'un oisif en action, je n'ai pas de travail fixe, mais je branche le réveil tous les soirs, et le matin, après mon thé, illico devant l'ordinateur, devant mon scénario, ouais, le fameux, je l'ai recommencé depuis le début, c'est mieux, tu sais, maintenant, si tu veux, et puis non, je préfère ne pas t'embêter avec ça, non, tu proposes ça par politesse, tu as toujours dit ça par politesse, non, je préfère pas, d'accord, si tu insistes. Et toi ? Ta vie professionnelle ? Ah, c'est formidable, ça me fait plaisir, je suis content pour toi *(la main sur le cœur)*, vraiment content. Et ta vie sentimentale, enfin, si c'est pas trop indiscret *(rires étouffés)*.

Alors, ta vie sentimentale ?

7

Je vérifiais le bilan financier d'un antibiotique polyvalent en diable. Efficace contre les infections urinaires autant que contre les sinusites. J'avais, à présent, un avis sur à peu près tout grâce à Bayer, y compris la Tchétchénie. Y compris le Tour de France. La télé-réalité, aussi. Je savais quoi dire dessus. Je savais reconnaître un bon film à des kilomètres. On pouvait toujours tenter de me la faire sur un jeune peintre, une pièce du théâtre privé ou un compositeur germanique sentimental. Je savais quoi répondre. Le matin, une voiture avec chauffeur démarrait devant mon appartement qui compte huit chambres dont deux pour Antoine, deux chambres vides, la plupart du temps. Le chauffeur m'appelle monsieur Vincent. Je commence à m'y faire.

Le bilan financier de mon antibiotique était magnifique, esthétiquement beau à regarder. Les chiffres, au bout de dix ans, devenaient favorables, neufs, excitants. Je vérifiais ce bilan financier quand on m'a annoncé la mort d'Alexandre par téléphone. Florence. Sa voix tendre. J'ai imaginé un ancien de la bande réduit à l'appeler pour me joindre.

J'aurais préféré autre chose. J'aurais préféré que Laurent se pointe dans mon bureau directement, en pleine réunion, sans lever les yeux vers mon visage, en me demandant de virer tous ces types parce qu'il fallait se retrousser les manches une dernière fois. J'aurais préféré que Camille m'appelle sur mon portable, qu'il me dise de sa voix presque féminine : Il faut que tu viennes, je suis au bistrot d'en face. On aurait pris une bière sans rien dire tout en fumant cigarette sur cigarette.

Je suis allé piquer une Marlboro light à mon assistante, Marie-Laure. Il me restait une boîte d'allumettes dans un tiroir, j'ai regardé par la fenêtre en fumant. Je ne conduisais plus. Les anxiolytiques. J'ai entendu Marie-Laure arriver derrière moi. On pouvait compter sur Marie-Laure. Ce n'était pas une femme à tourner de l'œil, à se percher sur une chaise en s'arrachant les cheveux à la première tempête venue. Alexandre était mort depuis trois jours. On l'enterrait demain matin à huit cents kilomètres de Paris. J'ai chopé la bouteille de vodka dans le frigo du comité d'entreprise. Je me suis fait un mélange comme au temps d'Alexandre : vodka/jus de pamplemousse. Cinquante-cinquante. On partage en frères.

Marie-Laure a conduit jusqu'à Lyon. Ensuite, elle n'en pouvait plus. Nous nous sommes installés sur un banc inamovible à l'extérieur d'une station-service. Il va falloir que je boive un peu pour prendre le volant, ai-je annoncé, je vous demande d'avoir confiance, Marie-Laure, j'ai l'alcool tout à fait prudent.

Marie-Laure m'a laissé conduire. Elle s'est occupée de la radio. Au péage, je jetais vers elle des regards élogieux. On s'est arrêtés au café du village, à quelques mètres de l'église. On est restés debout au comptoir, façon de se dégourdir les jambes. J'ai commandé une coupe de champagne. Marie-Laure aussi. J'avais vue sur le parking plein à craquer. Je soupçonnais la messe d'avoir déjà commencé. J'étais content d'être là. Je ne cherchais pas grand-chose d'autre. Juste terminer mon champagne et porter le cercueil jusqu'au cimetière avec les cinq autres. Ne pas dormir, après. Se battre contre le sommeil, se laisser conquérir au matin.

Au bout d'une dizaine de minutes, me voyant toujours immobile, Marie-Laure m'a serré le coude en me regardant doucement. J'ai articulé :

« Il était plutôt du genre silencieux. Plutôt du genre à offrir des livres pour se faire comprendre, plutôt du genre timide et grand. Il n'était pas préparé à ce que la vie lui passe dessus comme un semi-remorque. Personne n'était préparé. Disons qu'on a fait avec, que l'on a composé tant bien que mal, disons que nous avons tous fait avec. Disons qu'il a préféré refuser les choses en silence. C'était pas le genre à admettre qu'il avait tort, Alexandre. »

Nous avons marché jusqu'à l'église. Avant d'ouvrir la porte en bois, j'ai volé encore une cigarette à la jeune femme. Mon visage s'est tourné vers le ciel. Je n'ai pas fermé les yeux. J'ai tenu face au soleil, les yeux bien ouverts. Je cherchais quelque chose. Il fallait retarder encore un peu le moment.

« Marie-Laure, le diamant de Gould, ça vous dit quelque chose ? »

8

À présent, Vincent refuse de boire pendant la journée. Il avale un truc à la place, un palliatif qui ne fait pas bon ménage avec l'alcool. Vincent a envie de voir son fils grandir. Pour cela, il ne doit pas mourir tout de suite et passer outre à la perte de cette chouette invention qui le faisait vivre sans même qu'il s'en aperçoive. Vincent se cramponne à la solitude et aux horaires fixes. Il s'octroie un mois de vacances à la montagne, en hiver. Il ne baise plus. Dans un télésiège, son portable collé à l'oreille comme pour se réchauffer, Vincent apprend la deuxième grossesse de Florence. Un bon ami très informé.

Le dernier jour des vacances, Vincent se saoule avec des gens du village. Un alcool du coin. Vincent ne devrait pas boire. Dans l'hôtel luxueux où il dîne, Vincent, ivre mort, refuse de voir partir son dernier compagnon de cuite. Un homme dont il ne connaît même pas le prénom.

Le type avec qui je buvais a fait démarrer son 4 × 4, je me suis précipité sur le capot pour m'accrocher au pare-brise. Les deux essuie-glaces ont cédé en même temps. Je me suis retrouvé sous la voiture. Les roues ont écrasé ma cheville gauche et mon genou droit. Double fracture. Ligaments du genou droit déchirés. Je ne sentais rien. J'avais trop bu pour ressentir le mal qu'on pouvait me faire. Je me suis relevé. En face, le restaurant de l'hôtel. Les gens à table qui me regardent, effrayés. Une grande vitre nous sépare. Je remarque cette jeune fille, accompagnée de ses parents, elle tient sa serviette près de ses lèvres. Elle ressemble à Florence au début. La même coupe de cheveux. Le même sourire. Je me précipite contre la glace et finis aux pieds des convives le cuir chevelu plein de verre. Il faut cinq personnes pour me transporter jusqu'à ma chambre. Je suis très nerveux. Une fois seul, je redescends les deux étages et me faufile jusqu'à la réception. Des requins me dévorent la mâchoire. D'une cabine téléphonique, j'appelle une femme avec qui j'ai rendez-vous. Un rendez-vous, c'est important. Nous faisons l'amour dans ma chambre. Je vomis. Elle s'en va. Je regarde la télévision. Je saute sur mon lit parce que Saint-Étienne vient de remporter un match assez attractif en Ligue 2.

Un médecin arrive à cause du bruit que je fais. Il débarque avec la responsable de l'hôtel. Avant qu'il ne me pique, je sombre. Le lendemain, dès le réveil, je tente de bouger. Impossible. Je découvre mes mains pleines de sang. Je découvre, sous la couverture, ma cheville violette et mon genou bleu. Les pompiers me descendent sur une civière. L'hôtel, pendant la nuit, semble avoir subi un véritable bombardement. Des ouvriers réparent la grande vitre. Des clients veulent partir sur-le-champ. Les plus courageux demandent même à être remboursés.

Je croise son regard lorsque, allongé sur le brancard, je passe devant la réception. La jeune fille d'hier soir, au restaurant, avec sa serviette à proximité des lèvres.

Le fantôme de Florence au lycée.

Elle m'offre un sourire.

Le fantôme de Florence m'offre un sourire.

Un vrai fantôme.

Un vrai sourire.

HISTOIRE DE JEAN

1

Jean avec sa fille dans un restaurant chic. Jean lit *L'Équipe*. Le journal *L'Équipe* informe son lecteur sans chercher à le remettre en question. Émilie porte un bonnet GAP et cherche à tout savoir. Émilie est du genre à manifester, à se battre pour une minorité ou contre une injustice sur un autre continent. La vérité, à son âge, ne connaît pas encore de prix. Pour l'heure, elle refuse de toucher à son plat du jour, se contente d'enchaîner les cigarettes et de demander à son père les débuts, les premiers voyages, les rendez-vous qui serrent le ventre.

Le père poursuit la lecture de son journal. Il se concentre. Rien de méprisable à cela. Le résultat sportif est une invention stable qui ne varie pas au fil du temps, une invention imperméable à toute forme de lassitude, on est champion du monde, on reste champion du monde. Un résultat sportif est immuable, on ne le recommence pas, on ne l'efface pas. On ne va pas remettre en cause un score de football deux ans plus tard. Un score de football ne fait jamais de scène de ménage. Il ne pleure pas le matin parce qu'il trouve qu'on le regarde moins qu'avant.

Mais la fille est une enfant des sitcoms en vingt-six minutes et des contes de fées. Elle insiste. Le père marmonne :

« Avant, pour les voyages, avec ta mère, un simple appartement suffisait. Un studio, une chambre, un camping, un WC, un bout de carrelage, même. Après, dans les détails, c'est moins intéressant. »

« Moins intéressant, répète la fille, moins intéressant, je viens de te coincer dans une impasse sans lumière et tu oses dire "moins intéressant" ? C'est bon, continue-t-elle crânement face au silence du père, j'ai déjà fait l'amour, je sais que c'est un peu douloureux au départ et acceptable par la suite, je sais déjà que les choses divines sont toujours un peu difficiles d'accès, alors raconte avec ma mère une jolie chose que tu as vécue, au moins une, si, par hasard, c'est envisageable. »

Le père, l'homme, le bougre, le triste bougre, l'ancien sportif, le père plie son journal en quatre. Il pose *L'Équipe* à côté de son verre d'eau, pique une cigarette à sa fille et l'allume sans plaisir. J'étais sûre qu'il replongerait, pense la fille. Le père se décide à répondre :

« Tu veux que je te dise, tu veux vraiment que je te dise ? »

La fille acquiesce.

À présent, ces deux-là se regardent avec méchanceté.

« Un hiver, le premier hiver, ta mère était folle à l'époque, je devine que c'est difficile à croire, disons qu'on était fous tous les deux, aussi fous l'un que l'autre, amoureux, quoi, en quelque sorte. On avait seize ans. Ton âge. On dormait chez mes parents pour Noël. Un pavillon aux cloisons fines. De l'autre bout du couloir, on entendait tourner les pages d'un livre. On voulait faire l'amour. Dans la nuit, ta mère s'est levée, elle m'a pris la main, je me suis retrouvé dehors et elle m'a traîné jusqu'au milieu de la route départementale. Il faisait froid. Elle m'a regardé, sa silhouette éclairée par les réverbères, debout, belle à en crever, elle a baissé son pantalon, sa culotte avec, elle s'est allongée sur le goudron, les cuisses écartées, je suis descendu sur elle, mon jean en accordéon jusqu'aux pieds, je suis entré en elle immédiatement, mes genoux ont pris appui sur le bitume, au début je regardais devant, je lui faisais l'amour en redoutant la voiture qui pouvait arriver, ses yeux fixaient mes yeux, rien que mes yeux, elle était belle et forte. Alors, les genoux en sang, je me suis décidé à faire comme elle, à ne savourer que ses yeux, au milieu de la route, la mort devant, la mort derrière, la mort partout, je l'aimais, tu comprends. Nous avons joui sous une guirlande de réverbères. »

Les autres tables ont posé leurs couverts. La fille est blanche, le père poursuit, d'une voix qu'elle ne lui connaît pas, d'une voix totalement neuve :

« Je ne me suis pas retiré tout de suite. Nos deux corps étaient allongés sur le goudron. On irradiait tranquillement. »

Le père termine sa viande en trois coups de fourchette. Sa fille est silencieuse. Le serveur leur propose la carte des desserts.

« Rien pour moi, dit la fille.

— Une crème brûlée », annonce le père.

2

« C'est moi.

— Alors ?

— J'ai séché. Je suis à la gare. Je pars pour Rouen.

— Ta mère le sait ?

— Non. Je t'appelle, toi. Je ne fais pas d'appel micro.

— Donne-moi vingt minutes.

— Je ne te donne rien du tout.

— Alors donne-moi vingt minutes.

— Pourquoi ?

— Je passe te prendre en voiture. Je t'accompagne. »

Il y a deux semaines, Émilie a insulté son père sur une plage en Normandie. Jean avait porté un jugement négatif sur sa vie sentimentale. Émilie trompait Jérôme. Mais quoi, deux ans avec Jérôme, elle à Paris, lui à Rouen, le vendredi soir, Bruce et les mauvais garçons au Man Ray. Des mecs de 30 ans en pagaille. Des mecs de 30 ans assistants réalisateurs, responsables de sites web et créateurs de formidables publicités. Bertrand, ses cheveux blonds, son visage beau comme la nouveauté. Jean, sur cette plage en Normandie, avait dit : Continue si ça te chante mais ton copain va l'apprendre. Dire ça à Émilie. La plus futée des menteuses. Dire ça à Émilie, la virtuose du cloisonnement. Jaloux. Voilà ce qu'Émilie avait pensé. Jaloux et terriblement âgé avec ça. (38 ans.)

Le jour de l'anniversaire d'Émilie, hier en fait, vous vous rendez compte, le jour même de son anniversaire, d'abord, un cadeau de Jérôme par la poste, normal, classique, le double album *Sign of the time* de Prince, un vrai beau cadeau. Ensuite, confrontation directe avec la réalité. Une première pour Émilie. À droite, la réalité. À gauche, Émilie.

La réalité va cartonner.

D'abord, la mère. Émilie, téléphone ! Jérôme. La voix de Jérôme quasi administrative. Tout est terminé entre nous, Émilie. Qu'est-ce qui t'arrive, Jérôme ? Ce qui m'arrive, demande à ton connard à Paris, demande à ce prénommé Bertrand, ce qu'il m'arrive. À l'intérieur du corps d'une menteuse lorsqu'elle est démasquée : le goût du vide. N'en déplaise aux puristes, le vide a un goût, tous les menteurs le savent.

Au téléphone, la menteuse compense sa trahison avec une énergie à déraciner les chênes. Tous les coups sont permis. Elle supplie, implore, menace et scande « suicide » à tout bout de champ. Jérôme, si tu raccroches, j'avale tout le flacon. Jérôme, je pars en stop, j'arrive. Je ne suis plus seul, il rétorque. J'ai quelqu'un d'autre.

Émilie s'arrache les ongles dans sa chambre. Les pas de son père dans le couloir. Les murmures dans la cuisine. Émilie veut partir cette nuit même, à pied s'il le faut, elle s'imagine arriver devant chez Jérôme, les chevilles en sang, elle s'imagine mourir de froid en mules GUCCI devant chez lui, tranquillement, comme une sainte, elle a l'âge où l'on est tout à fait capable de commettre ce genre de choses à la fois grandes et peu efficaces.

Jean monte l'escalier, la porte de la chambre s'entrouvre. Le père regarde sa fille. Il l'entoure de ses bras et préférerait ne pas avoir eu raison à ce point.

Dans la voiture, Émilie met le doigt sur la cruauté du couple. Jérôme avait déjà quelqu'un d'autre. Évidemment. L'amour, une suite de petits tacles réciproques. Autant en finir tout de suite. Qui te dit que c'est vrai ? demande son père. Qui te dit qu'il a vraiment quelqu'un d'autre ? Les hommes sont parfois un peu plus surprenants qu'on ne l'imagine.

De la pluie sur l'autoroute. Ils prennent un café dans une station-service. Émilie demande à Jean :

« Toi qui es si malin, comment tu savais pour ta femme, que c'était elle, que ça allait durer, enfin toutes ces conneries.

— On ne se posait pas de questions. Notre exigence n'allait pas si loin. Il n'y avait pas d'obligation de résultat vis-à-vis de nos espoirs. Il y avait notre couple et notre couple devait vivre. C'était tout. Les choses étaient assez simples. On acceptait le mariage avec ses restes. Avec son gras. Avec la détestation de l'autre. Je ne dis pas qu'on faisait bien. »

La conversation se poursuit jusqu'à Rouen. Émilie murmure :

« Avant, je savais exactement quelle tête les années suivantes pouvaient avoir. C'est terminé. Et j'ai peur que les choses ne s'arrangent pas.

— J'en ai bien peur aussi.

— ...

— Ce n'est pas si grave que ça. »

Ils attendent devant l'immeuble de Jérôme. On croirait deux flics en planque. Émilie propose une cigarette à Jean. Il a cessé de fumer mais accepte malgré tout. Bien plus tard, Émilie grince « c'est lui » et se rétrécit sur son siège. Elle a sept ans. Un quart d'heure après,

Émilie compose le code de l'immeuble. Elle n'a plus besoin de courage. C'est déjà une grande combattante, capable un jour de finir à l'Assemblée nationale. Émilie a déjà tout ce qu'il faut dans les moments difficiles. Des yeux, son père l'encourage quand même.

Elle frappe trois coups fermes sur la porte. Elle est lucide et tendue. Une vraie meurtrière. Jérôme ouvre, retire la chaîne, puis ouvre complètement. Il lui propose un café. Elle accepte, le sucre abondamment, allume une cigarette et commence sa plaidoirie. Une plaidoirie volontaire, maladroite mais sémillante.

Jean est allé au bar d'en face. Il regarde l'immeuble de Jérôme en mâchant son jambon-beurre. Au comptoir, il règle, achète un paquet de Marlboro light puis retourne dans sa voiture. Le paquet est bien entamé lorsque sa fille revient. Émilie tape à la vitre, qui se baisse doucement.

« Tout est arrangé. Nous nous sommes réconciliés.

— Très bien.

— Tu peux t'en aller, je reste chez lui quelques jours. Et ne commence pas ton monologue sur l'ingratitude des enfants, s'il te plaît. »

Jean enclenche la première pour se reprendre deux heures de route. Il se demande comment justifier auprès de sa femme l'école buissonnière d'Émilie à trois semaines du bac français. En bas de la rue, le feu est au rouge. Sa voiture reste un long moment immobilisée. Émilie aimerait descendre jusqu'à l'auto, que la vitre s'ouvre à nouveau, Émilie aimerait dire à son père merci pour tout. Elle aimerait ajouter que, si un jour elle devient mère, elle n'oubliera pas cette journée, qu'elle fera elle aussi le maximum pour être à la hauteur dans ce genre de situation. Mais il pleut et Émilie préfère aller rapidement retrouver Jérôme.

Le feu passe au vert. Son père lui fait un signe de la main. Émilie l'imagine sourire dans le rétroviseur. Elle répond elle aussi par un signe de la main. Aujourd'hui, malgré les années, Émilie est certaine d'y répondre encore.

3

Émilie colle son doigt sur l'interphone et soupire en même temps. Elle cache des traces de chagrin sous des lunettes de soleil. Elle laisse tomber ses affaires à l'entrée du couloir et s'effondre dans le canapé. C'est un canapé très confortable pour la tristesse. Un canapé particulier, spécialiste en dépression nerveuse, absence de sommeil, problèmes sentimentaux et repos du guerrier. C'est un canapé pour les moments difficiles. Le canapé d'Émilie entre deux histoires de cœur. Jean l'embrasse sans rien dire et, en père moderne, s'en va dans la cuisine préparer un mélange de rhum, de glace pilée, de gingembre, de sucre de canne et de citron vert. Sa fille, depuis deux ans, est à l'origine d'un projet très ambitieux. Construire une grande histoire d'amour. Forcément, certains soirs, elle commence par pleurer.

Jean croise sa femme dans le couloir qui mène à la cuisine. Dans le salon, le dialogue s'engage entre les deux femmes à propos de l'horreur des hommes. Jean s'est éclipsé. Il refuse d'assister à l'analyse du mâle dans le couple. Analyse cinglante. Jean charge son mélange en alcool. Les hommes, des grabataires incapables de courage et de lyrisme. Les hommes, des petits merdeux infidèles et narcissiques. Alors quoi, ils n'ont pas regardé les mêmes films que nous ? Ce n'est tout de même pas compliqué, ensuite, de ne pas décevoir complètement.

Jean stagne dans la cuisine le temps que les choses se calment. Bientôt, la tempête marque une pause en raison du dîner. La bouffe permet aux filles d'évoquer d'autres sujets. Par exemple, le régime et la gymnastique aquatique. Le vin apporte de la joie sur leurs joues. C'est presque gagné. Elles regardent de nouveau Jean sans vouloir lui faire la peau. Il retourne en cuisine le cœur léger et prépare une tisane. L'euphorie le gagne un peu.

À son retour, Émilie demande :

« Pourquoi a-t-il dit qu'il m'aimait si c'est pour en arriver là ?

— ...

— Je ne lui avais pas demandé de me faire croire tout ça. »

Jean respire par le ventre avant de commencer à répondre. C'est un appartement de famille, un appartement avec une chambre libre qui donne sur trois cents chaînes du câble pour qu'on puisse survivre aux insomnies en regardant des histoires de femmes seules qui souffrent avec le sourire sur Canal Jimmy. Un appartement avec des cachets pour s'endormir presque naturellement et de l'herbe dans un bocal pour les vrais puristes.

C'est un appartement où les couples illégitimes peuvent baiser quelques heures sans qu'on y trouve à redire. Un coin entre parenthèses, un lieu qui ne juge pas. On y a vu défiler des pères qui ressemblaient à des mômes perdus dans une galerie marchande, d'autres capables de faire l'amour dans la cuisine malgré ses trois néons blancs et maintenant, on y découvre Émilie, enfant trop vite grandie, Émilie dont il faut prendre soin actuellement et sans un mot, de préférence.

Jean embrasse sa fille sur le front. Elle est déjà couchée, la télécommande à sa droite pour avoir plein d'images à disposition, le portable à gauche, tel un talisman, le portable ouvert toute la nuit, des fois qu'il appelle, le portable ouvert comme un cœur de petite fille à l'écoute. Au matin, sa fille sera capable de se préparer en cinq minutes, la coiffure de travers et des rendez-vous en abondance. Elle remerciera son père et ouvrira la porte.

Jean sait ce qui l'attend dehors. La rude journée. L'espoir d'un appel. Le travail. Les autres à supporter. Les crises de larmes dans les W-C de l'établissement scolaire. Paris, cette ville magnifique.

Jean regarde sa fille par la fenêtre. Elle passe par le square. Ensuite, au bout du square, l'agitation va commencer. Ensuite, il faudra tenir jusqu'au soir. L'appartement n'ouvre qu'à la nuit tombée. Il n'accepte que les garçons qui ont des choses à se reprocher et les filles capables de se battre par amour sous un grand soleil noir.

4

Ce n'était rien. Ce n'était pas prévu. C'était le mois d'août. Comment voulez-vous prévoir quelque chose à Paris au mois d'août ? Jean avait dîné dans un restaurant des Halles avec de vieux camarades. La serveuse était jolie et brutale. Elle avait cassé deux verres. La serveuse, comme souvent à Paris, n'était pas vraiment serveuse. Elle travaillait l'été dans ce restaurant pour partir dès septembre en reportage dans un pays en guerre. Bénédicte adorait la guerre, la vitesse et le choc frontal. Un vrai type dans ce qu'il a de pire, malgré sa poitrine d'actrice italienne comme au cinéma.

Veste sur l'épaule, Jean avait marché avec les autres jusqu'au boulevard de Sébastopol. Le groupe allait prendre un verre dans une boîte de nuit. L'envie de voir à quoi ressemble la nouvelle génération. Jean n'avait pas trompé sa femme depuis très longtemps. Rien de moral à cela. Seulement aucune envie. La fidélité est une vertu qui s'exerce par défaut.

Entre les tables, parfois, elle se penche pour écouter un type. Alors, on aperçoit son dos et le début de sa culotte blanche. On l'imagine enfant, les genoux écorchés, un BN dans la bouche en train de briser le cœur à de petits joueurs de foot. Ne bouge pas, chérie, je vais nettoyer tout ça. Elle danse sur l'estrade. Elle a passé sa vie à danser sur du hip-hop. Les regards qu'elle jette sur la foule sont d'une grande lassitude. Elle veut devenir comédienne. Elle est capable d'enchaîner les abdominaux sans même s'en apercevoir, de pleurer très vite et d'oublier juste après. Elle a seize ans. Elle s'approche de Jean. Sa bouche n'a pas encore de goût. Les adultes ont toujours un goût dans la bouche. Trop de calmants, de cigarettes, de petites trahisons, de nuits blanches à mourir de trouille. Trop d'années.

« Merci pour le verre. »

Jean ne répond rien. Jean est fatigué de répondre. La fille continue :

« Bientôt, avec mes rôles, c'est moi qui t'inviterai. »

Jean, dans un effort proche de la démesure :

« Bientôt, avec tes rôles, ce seront d'autres plus riches que moi qui t'inviteront. »

La fille :

« Tu veux qu'on s'en aille ?

— Non.

— Tu veux rester aux Bains-Douches ?

— Oui.

— Pourquoi tu veux rester aux Bains-Douches ?

— Par habitude.

— C'est vrai que tu claques la bise à Cathy Guetta ? C'est vrai qu'en réalité elle est aussi bête que dans les reportages ?

— Cathy Guetta n'est pas bête, elle est populaire, c'est différent.

— Pourquoi est-ce que vous recommencez chaque fois les mêmes erreurs ?

— ...

— Pourquoi, dans un couple, la femme est toujours à la hauteur et l'homme toujours seul ? Pourquoi ces types écrivent-ils TOUS un peu les mêmes bouquins ?

— Ces types n'écrivent pas TOUS un peu les mêmes bouquins.

— Pourquoi est-ce que tu n'aimes pas aller au Batofar ? Pourquoi tu es triste ?

Allez, bois un verre, on va trinquer en se regardant dans les yeux.

— Je ne bois plus.

— Juste un verre.

— C'est justement parce que je ne bois plus que je ne peux pas boire juste un verre.

— ...

— Si je recommence à boire, tu peux garder dans ta main ton Martini. Si, un jour, je recommence à boire, tu vois, je recommencerai lentement, une Leffe sur une terrasse, une seconde ensuite pour faire monter l'ivresse juste ce qu'il faut. Après, je boirai dans les verres que les autres n'auront pas terminés. J'irai jusque-là, et le sourire aux lèvres. Je finirai tout et je finirai par retrouver mes yeux de fou. Je finirai le vinaigre de ta salade et la vodka de ton colonel et je demanderai que l'on vire de la table le sorbet au citron et qu'on me laisse juste la bouteille de vodka. Rien qu'elle et moi. Après, tu m'éviteras. Après, je pourrai tranquillement te regarder passer, ta démarche redeviendra inaccessible, comme celle d'une passante, comme la plus géniale des filles que la boisson t'aura fait devenir. Après, j'oublierai la peur de crever et je tomberai amoureux comme la première fois. À l'aube, je jouerai des médicaments pour survivre. Au réveil, je regretterai. Et, au bout de quelques heures, j'irai boire pour oublier que je regrette.

— Excuse-moi.

— Ce n'est pas grave.

— Non, excuse-moi, je crois qu'on m'appelle. »

Jean quitte la boîte de nuit une heure plus tard. Sur le chemin qui le ramène à sa voiture, il aperçoit la jeune comédienne. Il grimace :

« Tu veux que je te dépose ?

— Non, je préfère marcher. »

Jean accélère le pas. Jean est entièrement d'accord avec lui-même pour aller se coucher. Mais il l'entend derrière lui.

« Et toi ?

— ...

— Toi, tu veux mon numéro de portable ?

— Je ne sais pas. »

Jean s'arrête. La fille griffonne son numéro sur un ticket de métro. Ses cheveux courts sont châtain clair. Ses vêtements lui collent à la peau. On aimerait bien la voir se baigner, à cet instant précis, dans une fontaine blanche en plein troisième arrondissement.

Elle plante son numéro dans la poche de chemise d'un homme de 38 ans. Elle recule et regarde Jean. Elle se pince les lèvres en ouvrant grands les yeux. Certaines jeunes comédiennes sont très douées pour ce genre d'expression. Seul, Jean se retrouve une terrasse et commande une bière. Bientôt, des gens vont aller travailler. Il sourit. Bien sûr, cela ne change rien. Il est inconcevable que ces quelques minutes débouchent sur quelque chose de bien. Mais Jean persiste à sourire. Des chiffres sur un ticket de métro.

Une poignée de chiffres capables, en pleine nuit, de changer le monde un tout petit peu.

5

Émilie dérive au milieu de la piscine sur son matelas pneumatique flambant neuf. Personne n'est jamais mort dans son lycée. Elle trouve cela tout à fait normal. Un peu ennuyeux, peut-être, mais tout à fait normal. Elle a déposé son MP3 sur son maillot de bain noir. Au loin, les cris de la villa ont diminué. Le soleil l'aide à choisir ce qu'elle va porter pour la fête du soir. À travers ses lunettes fumées, elle voit sa mère approcher de la piscine, les doigts plaqués sur le front comme dans un mauvais rêve. Émilie décide de baisser le volume de son MP3 et regarde sa mère en plissant les yeux à cause de la lumière :

« Ton père s'en va. J'ai appelé un camion pour qu'il dégage en même temps que ses conneries dans le garage. Demain, on rentre à Paris. »

Émilie tente de sortir de la piscine sans mouiller son MP3. Sa mère tâche de se raccrocher à quelque chose en la prenant dans ses bras. Émilie commence à transpirer. Elle se dégage rapidement et monte les marches en teck qui la séparent de la grande maison. Sur la terrasse, elle tombe sur son père et un type en bleu de travail, un type encore jeune (34 ans). Les deux hommes transportent un établi. Émilie les accompagne jusqu'au camion. L'odeur de sueur du type en bleu rappelle à Émilie un jeune garçon qu'elle aimait après chaque match de tennis. Elle voudrait se concentrer pour échanger quelques mots avec son père, mais le type en bleu de travail l'excite terriblement.

Émilie se précipite dans sa chambre pour calmer le jeu. Elle choisit de prendre une douche avant de redescendre. Avoir les idées claires. Être à la hauteur de la situation. Elle retrouve Jean sur le perron de la villa. Le camion est plein. La valise est fermée à côté du père. Il semble lui-même surpris par ce qui arrive. Une jeune comédienne. C'est affligeant. À peine croyable. Perdu d'avance. Émilie s'assoit. Elle n'a pas beaucoup de temps avant que sa mère n'arrive et ne se mette à hurler.

« Qu'est-ce que tu en penses, toi ? » demande Jean. Émilie avait préparé une multitude de réponses, ironiques, destructrices ou sévères et même, comme arme ultime, un silence méprisant.

« Alors, qu'est-ce que tu en penses ?

— Tu l'aimes ? »

Le père regarde sa fille.

« Est-ce que tu l'aimes ? répète la fille.

— Je ne sais pas. C'est trop tôt.

— Est-ce que tu l'aimes, oui ou non ? persiste la fille.

— Je ne sais pas. Elle est jeune.

— Mais est-ce que tu l'aimes ? insiste la fille.

— Oui, murmure le père.

— Alors, la question de ce que j'en pense ne se pose pas.

— ...

— Si tu l'aimes, la moindre des choses est de tenter ta chance. Voilà ce qu'il faut faire. Tenter sa chance malgré les choses qu'on raconte. »

Une fois le camion parti, la mère d'Émilie embrasse sa fille longtemps sur le front.

« Courage, Émilie », murmure-t-elle.

HISTOIRE DE MARC

1

Annie regarde sa voiture sur le parking de l'école primaire. Même trajet depuis quarante ans. Des dictées par centaines, des sorties scolaires, des contrôles surprises, des tables de multiplication à faire apprendre sans réfléchir, des millions de cris d'enfants, des parents d'élèves débiles et tant de fêtes de fin d'année.

Reste le 10 mai 1981. Le lendemain, Annie sourit avant d'entrer en classe. Les gosses en CM1 ne comprennent pas mais devinent qu'il s'agit d'une bonne nouvelle. Annie, radieuse après cette fête à la Bastille, annule le cours d'algèbre pour raconter la Nouvelle Vie.

Du cake aux olives et des gobelets en plastique sont étalés sur une table de la salle polyvalente. On n'espère plus pareillement. Annie reste silencieuse durant la cérémonie organisée pour son départ à la retraite. Il y a du champagne tiède, des femmes de service et quelques institutrices. Un petit enterrement avec des formules de politesse et des cadeaux qu'on tend avec un regard chaleureux. Il y a M. Lemieux, l'instituteur de la génération précédente. M. Lemieux en personne a fait le déplacement. Il faut dire que son cancer le ménage, que le cancer est plus gentil avec les personnes âgées.

Annie aimerait observer son école, regarder sa classe encore un peu et sans mélancolie. Autour de la table, outre les institutrices, quelques enfants qu'elle a supportés. Et les enfants de ces enfants. Ceux qui sont venus sont aussi mielleux que jadis. Ils tentent, pour plaire à Annie, histoire d'obtenir un dernier bon point, de lui rappeler des choses qu'eux-mêmes ont à peine vécues. Déjà, à l'époque, Annie les trouvait tout à fait prévisibles. Elle n'appréciait pas les cancres pour autant. Si elle avait dû choisir, elle aurait choisi les élèves rêveurs. Eux savent se taire et sourire, être intelligents sans trop la ramener.

Autour de la table, il y a surtout Cécile. Des yeux tendres, un charme sans artifice. Bien sûr, Cécile est restée au village. Bien sûr, Cécile est mariée avec le fleuriste. Un fleuriste, pourquoi pas. Son visage s'en ressent un peu. Mais Annie est heureuse qu'elle soit venue. Cécile se penche vers Annie sans oser dire ce qu'elle aimerait demander. Annie se souvient. Elle sourit.

Les gens embrassent Annie et s'en vont dîner. Cécile reste un peu. Annie lui murmure qu'elle se rappelle très bien l'année en question. Cécile rougit. Cécile a un époux, une fille, un fils un peu con, des crédits à rembourser. Cécile préfère s'en aller.

Marc se gare sur le parking à la place où son père venait le chercher. Il est des soirs où les gestes sont importants. Marc est en retard. Il répétait à Saint-Denis une pièce subventionnée par l'État. Marc arrive à l'instant où Annie ferme l'école. Il l'appelle dans la nuit et tend ses bras vers elle. Annie est heureuse qu'il soit venu, à l'improviste, après la bataille, c'est tout à fait lui. Annie est heureuse qu'il se passe quelque chose après tant d'années. À Marc, elle peut parler. Elle peut dire, j'en ai gros sur le cœur en fait, de quitter tout ça, c'était la routine, mais une routine qui me permettait de faire comme si j'existais. Vous comprenez, Marc ? Marc fait le type qui comprend. Marc est comédien. En plus, Marc a toujours aimé Annie. Cela aide pour comprendre les gens. Marc a découvert le plaisir du théâtre grâce à Annie. Au début, il n'osait pas. Et puis Cécile jouait dans la pièce. La représentation s'était déroulée dans une salle des fêtes de trois mille habitants. Soixante-quatre places. La représentation du siècle. Une salle pleine. Le regard fier du frère cadet dans les coulisses. Les parents qui découvrent un fils sous le mauvais élève. Les parents presque compréhensifs. La gloire des débutants. Et Cécile, après la pièce, amoureuse. Le rêve du premier jour d'appel enfin réalisé. La main de Cécile pour aller à la cantine. Le mercredi, après le match de foot à la télévision, Marc, dans sa chambre, surfant de rêves en rêves, terrassant un salaud au coin d'une rue pour plaire à Cécile. Partant avec elle en voyages fabuleux, pleins d'exploits, et de balades en forêt. Cécile, Cécile, Cécile, des nuits de rêve avec Cécile. Des premières au palais de

Chaillot. Un mariage à Las Vegas, le lendemain à Notre-Dame. Des heures à vivre pour quelques secondes sous un préau. Après la pièce, sur scène, pendant les applaudissements, les doigts du garçon, enfin mêlés à ceux de la jeune fille.

Marc et Annie retournent dans la salle de classe. Marc s'assoit à sa place, comme il y a vingt ans. Il y reste un long moment. Annie est à côté de la porte. Marc et Annie sont chacun dans leur monde et bien l'un à côté de l'autre. Marc se retourne et cherche quelques rangs plus loin, la table où était Cécile, comme il l'a fait des centaines de fois en cette année de CM1.

Annie murmure à Marc que Cécile est passée. Miracle du regard de Marc. Annie décide de poursuivre avec un mensonge :

« Avant de s'en aller, elle est venue vers moi demander de vos nouvelles.

— Qu'a-t-elle dit exactement ?

— Cécile a dit exactement : "Avez-vous des nouvelles de mon grand amour ?"

— …

— Je crois qu'elle était venue pour vous voir, surtout. »

Marc se lève pour regarder par la fenêtre. Annie lui laisse les clés :

« Tiens, prends-les. Je n'en ai plus l'utilité. Reste tant que tu voudras. »

De la salle, Marc observe Annie sur le parking de l'école. Il serre le trousseau de clés dans sa main et colle son front contre la vitre. Avant de rentrer dans sa voiture, Annie jette un œil sur la voiture de Marc, sur ses pneus, sur le pneu avant gauche plus précisément. Le croyant dégonflé, elle se penche pour vérifier. Puis se relève, rassurée. C'est un geste de rien. Un geste tout simple. Un geste à faire pleurer un adulte dans une salle de classe.

2

Marc, dans la rue principale de ce village de l'Oise, Marc, chemise entrouverte et citadine, coupe mi-longue dans le vent, juste ce qu'il faut de barbe, Marc ne fait que passer dans son ancien village. Une mission à accomplir. L'homme tient son invitation dans une enveloppe. Il est invincible. On dirait Gérard Philipe l'espace de quelques pas.

Le village est désert. C'est un village qui ne vit que le samedi matin. Marc poursuit son chemin sur le trottoir, persuadé qu'il est possible d'aimer une fille mariée à un fleuriste et qui travaille dans une banque, laquelle n'est même pas une banque anglaise. Il suffit de ne pas être snob pour ça. Il suffit d'avoir aimé la fille lorsqu'on était enfant. Il suffit que la fille s'appelle Cécile. Marc a tout le temps pour convaincre Cécile de la laideur de l'argent, de l'abject du petit commerce et du libéralisme en province. Chaque chose en son temps. Pas de précipitation ni de cagoule. On n'enlève personne. On braque encore moins. On sympathise juste avec la porte du Crédit Agricole. On pénètre dans le sas. On attend le feu vert. On trouve, en artiste, que cette invention du sas est pour une fois très appropriée.

Marc est dans la banque. Comme à son habitude, il est angoissé. C'est un hypocondriaque du relevé de compte. Une banque lui rappelle le refus d'un découvert ou un crédit que l'on doit rembourser. Aujourd'hui, son trac est différent. C'est un trac amoureux. Un trac d'amoureux dans une banque. Il aperçoit Cécile au guichet. Trois personnes devant lui. Marc a le temps de chercher sa concentration.

Cécile le reconnaît tout de suite. Ses doigts se raidissent un peu sur les billets qu'elle compte pour un nouveau commerçant. Cécile connaît tous les commerçants et tous les commerçants connaissent Cécile. Marc se gave de métaphores à la petite semaine, de comparaisons enfantines proches des lettres de ses cahiers d'école :

« Mon amour, nous allons braquer la banque du temps. Nous allons nous offrir des milliers d'instants en petites coupures. »

Il ne faut pas rire. Marc est dans un état catastrophique. Il se tient maintenant face à Cécile. Sa pièce débute dans deux jours.

« Bonjour Cécile.

— B'jour.

— Ma visite n'a rien à voir avec le Crédit Agricole. C'est juste que j'ai continué le théâtre.

— …

— Je voulais t'inviter à la première, jeudi soir. Une nouvelle pièce dans laquelle je joue. Une pièce politique d'Edward Bond. »

Marc lui tend l'enveloppe avec les places. Une vieille dame derrière lui commence à s'impatienter. Cécile jette un œil terrifié à son sous-directeur. Elle remercie Marc sans s'attarder.

« C'est très gentil. J'essaierai de venir.

— Tu viendras ?

— Je vais essayer. »

Marc se retrouve dans la rue principale. La rue principale est devenue hostile. Le regard des chiens, la charcuterie fermée, les papiers qui volent comme des fantômes.

Cécile glisse l'enveloppe dans son sac à main. Ses lèvres frémissent. Jeudi soir, Cécile a son cours d'aquarelle. Une copine peut la couvrir. Mais jusqu'à quelle heure ? Mais pour quoi faire ? Jusqu'à quand ? Une pièce de théâtre à Paris et les enfants qui ont classe le lendemain matin. Une heure trente de trajet en voiture. Toute cette dangereuse circulation. Cette difficulté à se garer. Ce théâtre que l'on ne connaît pas. Le mensonge à inventer pour son mari. Le retour forcément angoissant. Cette difficulté à s'endormir. La peur de se faire piéger. Le compteur kilométrique, l'éventualité d'un accident, l'impossibilité dans sa vie d'une petite sortie de route.

Tant d'efforts insurmontables pour vivre un peu.

3

Marc se fait maquiller. Sa carrière de comédien compte un paquet d'années de chapiteaux vides, de chaises qui claquent, d'hôtels deux étoiles, de manchons de poulet dans le TGV, de publicités radiophoniques pour s'offrir une semaine de vacances en Picardie. Marc croise le regard de l'ouvreuse qui fait « non « de la tête. Alors ? Et ce premier soir ? Et cette pièce de théâtre en classe de CM1 ? Combien d'années pour retrouver cette sensation-là ? Combien de sacrifices sur un budget étriqué ? Combien de nuits à chercher le courage de poursuivre son choix ?

Marc respire par le ventre. Il savoure la rumeur des gens en train de s'installer. Il pense à sa sœur. La seule fois où Bénédicte lui a parlé de Frank, Marc l'a détesté. Le comédien anticipe le silence qui va s'installer quelques secondes avant la représentation. Les lumières qui s'éteignent. Le noir qui envahit la salle. Les projecteurs sur la scène. Une vie réinventée rien que pour vous.

« Cinq minutes », annonce le régisseur. Marc interroge à nouveau l'ouvreuse du regard. Elle baisse les yeux. Sur scène, cher public, une fois de plus, une poignée de gosses qui ne veulent pas mourir. Sur scène, des êtres qui recherchent une sensation ancienne et fugace, pour tenter, un soir de plus, de griffer l'âme de quelqu'un d'autre. Ton âme, cher public.

Il faut se lever. Il faut se sentir fragile et nerveux encore une fois. Marc fronce les sourcils. Il réalise que ce fameux soir, juste avant d'entrer, malgré la peur, l'excitation l'emportait. Comme Alain Giresse en 1982 après son but contre la République fédérale. Il faut revoir la cassette. Tout est dans ce match. Après avoir marqué, Giresse se dirige vers le banc de touche pour hurler sa joie. Ses poings frappent sa poitrine, ses poings battent la chamade, ses poings n'ont peur de rien. C'est un geste d'enfant. Un geste sacré. Le sourire de Giresse s'inscrit de son oreille droite à son oreille gauche en un rictus d'extase. Un beau visage. Il faut bien courir après quelque chose. Le même Giresse un peu plus tard. Au moment du penalty. Cette façon de ne pas regarder le gardien allemand, de lui tourner le dos comme un gamin buté, de garder les bras contre son buste parce qu'un jour avoir les mains sur les hanches lui avait porté malheur. Giresse tire et marque. Cela ne changera rien. Cela ne change jamais rien.

Marc entre en scène et sait déjà comment les choses vont se terminer.

Cécile est allée à son cours d'aquarelle. Ensuite, elle a retrouvé ses enfants. Les gosses ont pris cher, y compris avec les tables de multiplication. Cécile a été intransigeante, même plus tard en les baignant. Ils n'ont pas eu le droit non plus de regarder la télévision. Elle a proposé à son mari d'aller au restaurant « pour se changer les idées », a-t-elle ajouté face à son visage sceptique.

Alors qu'elle commande un tartare de saumon en entrée, Marc se fait applaudir. Il retourne dans les coulisses. Il ferme les yeux. Il va retourner saluer. Il refuse de mettre ses mains sur les hanches en souvenir d'Alain Giresse. Marc fait quelques pas en direction de la scène. Il va saluer pour Cécile, laquelle, au même instant, renverse son kir royal.

Une simple maladresse.
Le public quitte le théâtre.
Le serveur apporte un autre kir.
La simple maladresse vient d'être réparée.

HISTOIRE DE LOUIS

1

Faire vite. Sortir d'un cours de droit donné par une vieille femme (43 ans) à Assas. Courir jusqu'au métro et du métro au bus. Se précipiter jusqu'à se faire sourire soi-même. Être mordu à ce point. Ne pas pouvoir attendre le résumé de minuit. Les escaliers, la porte, le canapé, la télécommande, Flavie sur petit écran. C'est le jour des nominations. Louis transpire. Si les autres locataires choisissent Éléonore, le monde s'écroule. Il faut se reprendre. Éléonore est une fille bien. Une fille avec la tête sur les épaules, une fille qui tente chaque fois de résoudre les conflits et de rationaliser les choses. Une fille qui sait défendre son amant français avec des ongles vernis tout en tâchant d'inscrire leur histoire d'amour dans la vie sociale de la Villa. Même lorsque Éléonore s'énerve, ses veines savent sortir de son cou tout à fait discrètement. Éléonore aurait cartonné comme diplomate ou ministre des Affaires étrangères. Éléonore ne peut pas disparaître. Pas tout de suite. Éléonore ne doit pas disparaître. Flavie le sent bien. La terre entière le sent bien. Et le rythme cardiaque de Louis s'accélère lorsque, d'une voix blanche, Flavie perce le silence de la Villa.

« Comment ça va, les amis ? »

Les amis répondent qu'ils vont bien. Ce qui est faux. Mais qu'importe la vérité, à la télévision comme ailleurs. Et Flavie de poursuivre :

« Pas trop stressés ? »

L'Italien rétorque par un mot d'esprit que l'Allemande ne comprend pas. Trois millions de télé-spectateurs sont maintenant convaincus que les Allemands n'ont pas d'humour. Ce qui est faux. Bien qu'il soit vrai que l'humour n'est pas la qualité majeure de Bénédicte et que Bénédicte soit d'origine allemande. Et alors ? On ne peut rien conclure avec ça. L'Allemande de l'émission est amoureuse de l'Italien. On n'a pas d'humour lorsqu'on est amoureux. L'absence d'humour, dans ce cas-là, est internationale. Allemagne ou pas. Heureusement, le Portugais se marre. Trois millions de téléspectateurs peuvent sereinement maintenir leurs vacances au Portugal, pays de soleil où l'air océanique insuffle une sacrée joie de vivre aux habitants comme aux estivants. Pour preuve, le Portugais semble avoir bonne mine. Il passe dans la Villa d'excellentes vacances. En revanche, le Suédois a le teint pâle. Trois millions de téléspectateurs le savent bien. Le soleil ne se lève pas toujours en Suède. La Suède, pays du suicide où les jeunes boivent, dépriment comme en Finlande et lisent énormément. Lorsqu'il a terminé la lecture de tous les livres publiés dans le monde, le Suédois commence le tennis. Ensuite, il cartonne sur terre battue et gagne énormément de tournois. Mais ça ne le fait pas rire pour autant. C'est ce qu'on appelle le mal de vivre des pays nordiques. Un truc terrible.

Éléonore se blottit contre la barbe du Français. Flavie donne deux noms. Louis exulte. Éléonore reste. Il se dirige vers le balcon de son petit appartement. Il s'ouvre une bouteille de Veuve-Clicquot. Il est heureux.

Sa fée sera de bonne humeur samedi soir.

2

Notre homme est d'un naturel assez calme.

Pourtant, la semaine dernière, en lisant le journal intime de sa reine de l'ice-cream, Louis a découvert des choses horribles et difficilement supportables pour son système nerveux. Clara, dans son journal, avoue avoir un amoureux. Louis aimerait buter ce gosse, cet enfant de *Matrix* et de Steeve O.

Il y a quinze jours, pour fêter la non-élimination d'Éléonore dans la Villa, elle lui a offert un flacon d'essence vanille. Le jeune homme ne le quitte jamais. Sur le palier, malgré la peur, le parfum reste dans son cou.

La génitrice ouvre. Un pull autour de sa taille masque le peu de vivacité de ses fesses. Elle sort ce soir. Madame tente de commencer une nouvelle vie, de se persuader que des choses sont encore possibles. Elle s'endort en serrant les poings, convaincue que vivre n'est pas forcément une si mauvaise idée. Elle fréquente à nouveau. Elle raconte l'affaire en faisant un clin d'œil, Je serai de retour vers minuit, normalement, sauf changement de dernière minute, elle pouffe, si changement de dernière minute il y a, elle pouffe deux fois, j'appellerai, vous avez la chambre d'amis quoi qu'il arrive. Louis acquiesce. C'est un étudiant en droit bien comme il faut. Un baby-sitter qui inspire confiance. Un type formidable quoi qu'en disent la psychiatrie, les associations et les mères de familles nombreuses.

La mère justement, très âgée (39 ans), a mis au monde Damien et Clara.

Damien (5 ans) est arrivé en seconde position. Damien est un enfant non désiré, Louis en est convaincu, il trouve cela perceptible sur le visage du gosse.

Reste Clara, l'aînée.

Nous reparlerons de Clara.

Louis pousse la porte du salon. Damien se jette dans ses bras. Il a fait louer par sa mère trois cassettes « pour qu'on regarde ensemble avec Louis ». Damien va s'endormir au premier quart d'heure du premier dessin animé. Il faut faire confiance au baby-sitter pour ça. N'allez pas croire. Louis a un avis assez neutre sur cet enfant. En fait, cet enfant ne l'intéresse pas. En fait, aux yeux de Louis, il n'existe pas. La mère parle et fait des gestes de pieuvre avec ses bras. Louis ne capte pas le son de la mère. Louis est en pilotage automatique. Il mime le baby-sitter avec Baffa au-dessus de son lit. Le cousin capable de feux de camp. Le type parfait avec les poches pleines de photocopies à colorier et de chansons fraternelles. L'admirateur sans faille de Pierre Perret.

La mère s'offre un dernier tour dans la salle de bains, embrasse son fils, hurle en bas de l'escalier : « À demain, ma chérie », et s'éclipse. Louis ne respire plus. Dix-neuf de tension. « Ma chérie. » Qui es-tu pour appeler « chérie » cette fée, songe Louis. Est-ce que Laure de Lattre appelle Françoise Sagan « ma chérie » ?

La mère préférerait une fille comme baby-sitter, histoire d'évoquer la saloperie des hommes en toute tranquillité. Mais Louis est toujours disponible pour Clara. Louis est même à entière disposition de Clara.

Elle est dans sa chambre. L'autre, inexistant, le plus petit, Damien, a placé une première cassette dans le magnétoscope. Louis hurle, Damien, il va falloir manger avant de regarder ton film. D'accord, répond le gosse, mais juste un yaourt. D'accord, fait Louis, je m'occupe du yaourt. Il mélange bien le yaourt. Un mélange spécial que Louis baptise « grand sommeil ». Comme Clara n'est pas encore descendue, Louis est anxieux et charge un peu le yaourt. Clara n'avait qu'à descendre plus tôt.

Clara et lui, c'est venu tout de suite. Elle avait neuf ans. Le flash dès la première fois. Clara est arrivée derrière son dos alors qu'il dessinait un clown pour Damien. Depuis, le clown est dans la chambre de Clara. Louis pourrait continuer des heures sur Clara, mais des bruits familiers indiquent qu'il est temps de se taire et de brancher les pacemakers. Clara descend l'escalier. Pantalon blanc à même la peau, à faire mourir Britney Spears en personne, haut fuchsia qu'elle seule, Clara, peut porter, haut fuchsia qui pourrait conduire la véritable poupée Barbie à sa première dépression nerveuse. Clara descend. Dieu descend. Sa petite frange, ses grands yeux verts, Louis regarde ça. Dans le salon, Damien dort. Le Stilnox est encore très efficace pour les moins de huit ans. Clara, en haut de l'escalier. Louis, en bas des marches, l'air indifférent. Surtout ne rien montrer. Si Clara réalise qu'elle lui a manqué, elle va le pourrir.

Regarder ailleurs. Non, mon frère, tu ne rêves pas, ses pas précipités sur le parquet du couloir, cette façon bien à elle de se jeter dans tes bras, de t'embrasser dans le cou, de serrer fort avec ses cuisses autour de tes hanches sans trop savoir pourquoi, de te dire : « Je suis si heureuse pour Éléonore. » Non, Louis, mon frère indéfendable, tu ne rêves pas, c'est Clara. Sa peau, son odeur de lait-fraise, ses bagues, ses colliers. Clara, onze ans. « On mange », elle fait. Chez Clara,

« on mange » signifie qu'elle va braquer tout un tas de choses dans le congélateur dans un même mouvement anarchique : esquimaux avec pizza, beignet de dinde et glace à la vanille.

Ensuite, l'immuable ravissement. Elle laisse le récent massacre de bouffe sur la table de la cuisine et file dans la salle de bains. Il ne faut pas que Louis s'y rende tout de suite. Il faut qu'il arrive à l'instant où Clara hurle : « Alors, tu viens ? »

Alors, frère indéfendable, à pas lents, la salle de bains. Sur la moquette, son pantalon en vrac, son haut fuchsia, ses chaussettes, sa culotte. Une culotte incroyable. Une culotte avec du violet, du jaune fluo et, sur le devant, le dessin d'un petit animal sucré qui n'existe pas vraiment. Ne meurs pas tout de suite. Tu dois t'asseoir sur le tabouret et commencer ta lecture d'*Harry Potter*. Merci d'exister, *Harry Potter*.

Harry, mon camarade, tu as redonné aux enfants le goût de la lecture et de l'extraordinaire.

Dernière partie de soirée. Louis soulève Damien endormi du salon jusqu'à son lit. À présent tranquilles, les deux amoureux s'installent avec un film d'horreur du choix de Clara. Louis a vu *Scream II* douze fois et interdit à quiconque de dire que *Scream II* est un mauvais film. Clara, en jogging, se blottit dans ses bras. Les pieds de Clara sont les plus beaux du monde. À minuit, le portable. La mère sera de retour dans trente minutes. L'école n'est plus finie. Louis donne l'info à Clara, l'air de s'en moquer. À l'intérieur, comme chaque fois qu'il doit la quitter, à l'intérieur, le grand séisme. « Je vais me coucher, dit-elle, tu m'accompagnes ? »

Louis l'accompagne. Elle s'enfouit sous sa couette à toute vitesse, on ne voit qu'un bout de visage qui dépasse. Il est sur son lit, il la regarde :

« Il faut que je te dise quelque chose, Louis.

— …

— J'ai un amoureux.

— Très bien.

— Tu n'es pas jaloux ?

— Je ne suis pas jaloux.

— Tu es sûr ?

— Je suis sûr. »

Louis éteint la lumière, la mort au ventre. Il respire ses cheveux et l'embrasse sur le front. Pas trop longtemps. Quand il atteint le pas de la porte, elle dit :

« Louis ?

— Quoi ?

— Avec Aurélien, on l'a fait.

— Vous avez fait quoi ?

— On s'est embrassés.

— ...

— On s'est embrassés, vraiment, si tu vois ce que je veux dire.

— Je vois ce que tu veux dire. Bonne nuit.

— Louis ?

— Quoi ?

— Tu veux qu'on le fasse ?

— Je veux qu'on fasse quoi ?

— Tu veux qu'on s'embrasse ?

— Je viens de t'embrasser.

— Non, mais qu'on s'embrasse vraiment.

— Non, je ne veux pas qu'on s'embrasse vraiment. »

Notre héros retourne dans le salon. Portable. La génitrice. Louis ? Louis, écoutez, je sais que vous allez m'en vouloir, mais *(gigantesque pouffement)*, un changement de dernière minute, Louis, est-ce que vous pouvez dormir à la maison ? Oui ? Oh, Louis, vous êtes extra, mieux que ça, vous êtes un ange.

Louis s'allonge. Clara appelle. Sa voix lui donne envie de mourir. L'ange allume une cigarette et avale un cachet plus fort que celui de Damien.

Au premier étage, il entend la voix de Clara qui continue d'appeler. Louis serre un coussin contre son ventre. Les anges sont interdits de premier étage. Louis se lève et traîne dans le couloir à quelques pas de l'escalier, à sept mètres plus précisément de la rubrique faits divers.

« Alors, Louis, tu montes ? »

3

Louis écoute un client âgé. Le client parle toujours des heures à l'avocat, persuadé qu'il est unique, convaincu que le procès va durer des semaines comme à la télévision. Le client se trompe. Tout le monde se trompe. Ce n'est pas si grave que ça.

Louis connaît le chemin jusqu'à l'entrée du lycée Jean-Baptiste-Say. Il l'a effectué à de nombreuses reprises sans jamais s'y arrêter, en repérage. C'était trop tôt, il fallait attendre que Clara termine le premier trimestre de sa classe de seconde. Quatre ans. Quatre ans vus d'un type amoureux ? Quatre ans, cela donne quoi en langage articulé ? Louis a peur d'être en retard, de manquer la sortie des cours de 12 h 30. Il accélère le pas, il transpire un peu. Assis contre un magasin à même le sol, deux adolescents le regardent passer. Ils fument une cigarette avec indolence, visiblement amusés par cette petite course. Les deux adolescents se moquent de l'heure à laquelle ils vont aller se coucher. Ils se moquent d'avoir un jour à travailler. Pour l'instant, ils laissent aux autres le soin de se dépêcher. Ils ont la sensation d'être plus futés que le reste de la population. Peut-être le sont-ils vraiment.

Louis est en avance. Comme souvent les personnes qui redoutent une mauvaise nouvelle. Comme souvent ses clients lorsqu'ils vont perdre un procès. Louis s'assoit sur un banc, face au lycée. Beaucoup de gens ont oublié Éléonore. Louis tente de se remémorer le prénom de l'animatrice qui présentait le show à cette époque. Il ne s'en souvient plus. Les lycéens sortent de classes et se regroupent devant le portail. Louis voit Clara arriver de loin.

Elle donne la main à un type qui porte un foulard palestinien. Ils parlent très sérieusement. Le couple passe devant le banc sans un regard pour Louis. Le visage de Clara n'a pas encore perdu son détail fabuleux. Un drôle de détail. On ne saurait dire lequel.

Louis n'a pas la force de tenter un mouvement. Son travail de ce matin l'a fatigué.

Et puis, on ne peut pas faire grand-chose contre les gens de cet âge-là.

LA CLINIQUE

Je m'occupais de la piscine le jour où il est arrivé. Je tournais et retournais autour du grand rectangle bleu avec une épuisette. J'enlevais les aiguilles de pin. Toutes les aiguilles de pin. Je n'aime pas rigoler avec les aiguilles de pin. Mes jours sont ponctués d'activités régulières, de siestes précises et d'aiguilles de pin à retirer. Ma thérapie se résume à un emploi du temps solide, un emploi du temps structuré minute après minute. Je pratique le nettoyage des parois et des skymers. Je pratique la marche et le jardinage avec une froide obstination. Une obstination calme. L'obstination calme m'aide à évacuer la pensée de ce qu'on va devenir. Je travaille de l'épuisette histoire d'oublier le regard de celui qui va mourir, les yeux qui s'accrochent et demandent encore quelques minutes. Toute cette merde. Je me concentre sur les tâches ménagères pour échapper à ce regard qui sera le mien, un matin. Pour une fois, on aimera un matin. On se connaît assez pour savoir qu'on est foutu d'aimer ce matin. On fera même son maximum pour qu'il dure assez longtemps.

J'ai vu le directeur descendre dehors les mains dans les poches, l'air soucieux malgré le soleil. Je crois que le directeur ne redoute pas l'idée de mourir. C'est un médecin. Il sait que les issues se font de plus en plus rares. Il sait comment s'arranger. L'absence de vie, il y pense tout le temps. C'est comme s'il n'y pensait plus.

« Un problème éthique », m'annonce-t-il en me montrant l'inconnu d'un coup de menton. J'observe Louis, assis sur les marches du château, sa tête blonde penchée vers le bas, une valise à ses côtés, une mère qui patiente un peu plus loin. Une tête butée de gosse de riches.

« Les mères, quelle merde », ai-je murmuré.

L'historique amoureux du type inquiète le directeur. Seul notre groupe peut l'accepter, me confie-t-il. Il va falloir que j'en parle aux autres avant de prendre une décision.

Au loin, revenant du parc, les divorcés terminent leur footing. On ne leur adresse pas la parole. On les méprise même un peu. Un divorcé, franchement. Qu'est-ce que vous voulez dire à un divorcé ? À un type capable d'entamer une procédure juridique contre une femme qu'il a aimée ? La clinique a placé notre clan à l'extrême gauche du château, dans une aile isolée, à l'abri des veufs et des divorcés, donc. Nous méprisons les veufs aussi.

Vivre plus vieux que sa femme, franchement.

Notre petite affaire n'a rien à voir avec ce qu'ils ont vécu. Nous appartenons à une autre catégorie. Une catégorie pas facilement défendable. Vincent a quitté Florence. Depuis, il ne jure que par des noms d'oiseaux étranges et capricieux. Il est victime de ce qu'il convient d'appeler une culpabilité teintée de chagrin. Un chagrin qui ne ressemble en rien à un divorce ou un décès. Sa femme – au grand désespoir de Vincent – est encore vivante :

« Elle est même heureuse au point d'être propriétaire d'un autre enfant. Est-ce que tu imagines ça ? J'ai dormi avec elle tous les soirs, je peux te raconter en fermant les yeux sa respiration qui ralentit lorsqu'elle s'endort, je suis capable de reconnaître le parfum de sa lessive entre mille. Je vais te dire, même ses parents me manquent. Comment veux-tu qu'on se remette d'un truc pareil ? »

Souvent, je marche jusqu'à la piscine avec Marc. Il est toujours aussi doué pour reconnaître l'odeur du gin à des kilomètres. Il porte des Ray-Ban, une chemise blanche, ainsi qu'une main sur le foie. Parfois, il monte des pièces pour les patients de la clinique. Mais ses choix sont limités. Les tragédies anciennes sur des amours impossibles sont interdites dans la clinique. Ainsi que Racine, Corneille, Marivaux, Shakespeare et 99,99 % du répertoire théâtral français et étranger. Le problème des pièces de théâtre se retrouve partout. Quel que soit le domaine culturel, il y a toujours une histoire d'amour. À croire que les gens n'ont que ça dans la tête. Marc était comédien. Depuis, les choses se sont pas mal dégradées. Une fille rencontrée en classe de CM1, je crois. Je ne suis pas sûr d'avoir tout compris.

Je rentre dans la chambre de Jean. C'est une pièce toujours impeccablement rangée. Sur les murs, de nombreuses photos de Ludivine Sagnier coexistent. Ludivine est une actrice à présent célèbre, que Jean avait rencontrée dans une boîte de nuit. Jean a tout quitté pour elle sans savoir que les actrices n'existent que sur écran.

Les murs de la chambre de Jean sont une exception.

La clinique nous interdit formellement d'avoir des affiches de films dans nos chambres. Des longs métrages comme *Breaking the waves* ou *Sur la route de Madison* sont passibles d'exclusion définitive. Pareil pour tous les albums de Barry White ou, pire, l'intégrale de Barbara.

Le matin, nous commençons par le psychologue. Une pointure. L'auteur de *Cœurs brisés, comment guérir par soi-même ?* Huit cent mille exemplaires chez Albin Michel. Une émission sur LCI. La une de *L'Express* six fois de suite. Le type a un peu grossi. J'aime le bureau du psychologue. J'aime son intérêt pour ma petite affaire privée.

« Parlez-moi de votre enfance ?

— De quoi ?

— De votre enfance.

— Vous voulez me faire lever les yeux au ciel, ou quoi ?

— Donnez-moi un souvenir, au moins.

— Enfant, je mangeais du pain d'épice.

— Poursuivez.

— Je mangeais du pain d'épice, enfant. Comme tout le monde.

— Comme tout le monde ?

— Oui, comme tout le monde.

— Vous voulez dire, comme tous les enfants.

— Comme tous les enfants.

— Tous les enfants ne mangeaient pas du pain d'épice, enfant, Frank.

— ...

— Ce n'est pas parce que vous mangiez du pain d'épice enfant que tous les enfants mangeaient du pain d'épice, enfant.

— Je m'ennuyais, enfant, docteur.

— ...

— Comme tout le monde.

— Tous les enfants ne s'ennuient pas, Frank.

— Docteur...

— Oui, Frank ?

— Je préfère qu'on arrête là pour aujourd'hui. »

Il nous arrive aussi de faire un peu de sport tous ensemble. Par exemple, de courir jusqu'à l'entrée du château. Une course vers rien. Une course histoire de se maintenir en forme. Une course après des rêves à jamais disparus, une course pour retrouver le souvenir d'une révolte, une course pour récupérer une fille déjà enceinte de quelqu'un d'autre. Une course pour retrouver cet âge fragile et nerveux. Parfois, à l'entrée du château, Vincent force sa foulée et hurle :

« On y retourne ! »

Mais lui-même n'y croit plus vraiment.

Nous nous retrouvons tous les quatre autour de la piscine. Il faut choisir pour Louis. Chacun donne son avis :

Vincent : « Alexandre aurait voté pour Louis. Donc, je vote pour Louis. »

Marc : « Je suis tombé amoureux de Cécile en classe de CM1. Donc, je vote pour Louis. »

Jean : « Un jour, Ludivine a eu l'âge de Clara. Déjà, elle devait être magnifique. Je vote pour Louis. »

Je suis allé dans le bureau du directeur.

« Nous le prenons, docteur.

— Parfait. Le vote a donné quoi ?

— Quatre pour. Zéro contre.

— Je le savais. Vous expliquerez à Louis les règles de l'établissement. Pas de visite féminine. Interdiction formelle de conserver des lettres d'amour. Interdiction formelle d'écouter de l'opéra et de prononcer une phrase contenant les mots “Serge Reggiani”, interdiction de fumer une cigarette seul le soir en buvant un verre d'alcool de plus de 40°. Interdiction de téléphoner à une même personne plus de trois minutes. En ce qui concerne les textos, Frank, pas même en rêve ! Vous le savez.

« Et surtout, mais cela aussi, vous le savez déjà, interdiction de lire des romans. En revanche, obligation de lire des essais, que des essais, rien que des essais, toujours des essais. Au moins un par semaine. Et n'essayez plus de m'avoir comme la dernière fois en vous procurant un document sur la nostalgie ou je ne sais quel autre *soleil noir de la mélancolie*. N'oubliez pas qu'il est essentiel pour votre équilibre de vous intéresser à Daniel Pearl, à la vidéosphère, aux religions, à la peinture abstraite, à l'islamophobie, aux neurosciences et à l'Afghanistan. C'est très bon l'Afghanistan, ça occupe. »

Nous n'avons fait le mur qu'une seule fois. Pour les vingt ans de la fille de Jean. Émilie avait invité son père à une grande fête. Nous avions revêtu des jeans et des T-shirts avec inscrit *Adidas* dessus. Dans la cuisine, de jeunes gens à la mine indolente écoutaient Marc déclamer des monologues des pièces qu'il avait jouées. Dans le couloir, Vincent répondait aux questions d'un petit groupe sur les médicaments. Très vite, le parquet a collé sous nos pieds et il a fallu boire à la bouteille des bières tièdes sans parvenir à s'asseoir. Nous ne sommes pas restés très longtemps.

J'ai préparé l'arrivée de Louis sur la terrasse de ma chambre. Un infirmier me procure une bouteille de whisky tous les mois en échange de conseils. Je l'ai accroché la première fois avec *Les Locataires de l'été*, un roman américain de Charles Simmons. Depuis, il me mange dans la main et me regarde comme un amoureux. Un vrai toxico. Moi, je ne lis plus. Je tente juste de revivre le bel affrontement, de déceler le moment où les choses et la raison ont basculé, la raison, surtout. La belle raison. L'étudiante en histoire. L'étudiante imbattable en églises romanes, peintures rupestres et guerre de Six Jours. Je n'ai rien vu venir. Au début, j'ai juste regardé faire, trouvant en cette jeune fille comme un concentré d'existence. Elle marchait vite et riait fort. Elle n'avait pas peur de grand-chose et encore moins de donner beaucoup. Je n'ai pas fait attention au piège de la générosité. Elle affichait des blessures aux genoux et à l'enfance, aussi. Elle était capable de prendre en photo n'importe quel quidam altermondialiste et d'en faire un prince russe. Elle allait à l'église pour se ressourcer comme le diable pourrait prendre ses quartiers d'hiver dans un bas-fond. Elle était brune avec des cheveux courts. Elle était capable de poser nue. Sa grand-mère était allemande. Son grand-père aussi. À table, en fin de repas, mes grands-parents avaient coutume de dire : « Toujours ça que les Boches n'auront pas. »

Je ne suis pas d'accord avec eux. Je trouve maintenant absurde de manger sans cette fille en face de moi. Elle sentait bon après ses journées en bicyclette. Il fallait que je la quitte. Les choses ne se sont pas passées facilement. Elle est partie un matin. Elle s'est comportée de façon fine. Je l'imagine, guerrière flamboyante en train de formuler la pensée suivante : puisqu'il refuse de quitter l'autre, je m'en vais, c'est à lui de savoir, d'être courageux.

C'était à moi de savoir et d'être courageux. C'était à moi de jouer. Je n'ai pas su quoi faire de toutes mes cartes. Le courage n'est pas le mot qui puisse me définir immédiatement.

Je l'avais accompagnée à l'aéroport. Je me souviens de son grand sac à dos, de ses sandales, de cette façon de fumer dès le matin avec son premier café, la cigarette à même le bol. Nous étions assis à une table dans un snack de Roissy. L'endroit était bondé. Je détestais tous ces gens capables de partir. Les voyages me faisaient peur. Je n'avais plus assez d'énergie pour m'en aller. Elle attendait le moment où j'allais lui promettre des choses. Je l'aimais trop, à présent, pour lui promettre quoi que ce soit. Je me suis levé, assez difficilement. Je suis allé à la pharmacie pour lui acheter ce que je pensais être le strict minimum. La vendeuse avait en face d'elle un animal qui s'était cru malin. Un animal dévoré par son propre piège. Cette fille allait partir avec mes dernières forces.

Je pensais m'en remettre. Il le fallait. Une épouse. Un enfant. Deux maisons, plein d'amis communs, vous comprenez. Je n'avais pas le choix. Je pensais m'en remettre comme d'autres se remettent de l'ablation d'un rein. Il faut que je cesse de surestimer la science à ce point. Bénédicte croyait aux cartes et en Dieu. Disons que le Bon Dieu croyait en elle. Disons que les cartes comme le Bon Dieu ont toujours raison. Je l'ai regardée présenter son passeport. Je suis rentré en voiture avec plein de bagages impalpables, au point d'en avoir tout le corps lourd.

Hier, ma mère est passée me voir. Nous nous sommes promenés longtemps sans parler. On ne sait jamais trop quoi se dire.

« Ta fille marche.

— Chouette.

— Ta femme est toujours amoureuse de toi.

— Royal.

— Espères-tu reprendre un jour une vie sociale ?

— Je n'espère rien, Maman. Encore moins reprendre une vie sociale. »

L'infirmier arrive avec le gâteau de bienvenue. Notre groupe tente de chanter. On entame, pour déconner, une chanson interdite, *Mathilde,* de Brel.

Mon portable est sur la table. Allumé. Je ne sais pas ce qui m'a pris. L'alcool, sans doute. Il vibre. C'est exactement ça. Il vibre. Il tremble. Il revient à la vie. Il frétille. Il tourne un peu sur lui-même. Il est beau comme tout. Nous nous observons tous, bien conscients de l'interdit que je viens de transgresser. Normalement, les messages doivent être écoutés une fois par jour en compagnie d'un aide-soignant. Les autres me voient changer de visage. J'ai effacé son prénom, mais je connais les chiffres de son numéro par cœur. En une seconde, ils comprennent. Je laisse vibrer le bel engin en me bouffant l'intérieur des joues. Regards admiratifs. Deux bips annoncent qu'elle vient de laisser un message.

« Écoute-le, murmure Vincent.

— C'est interdit, rétorque l'infirmier.

— L'interdit est derrière nous. L'interdit, hélas, on s'en moque », siffle Louis.

Je regarde Louis, assez impressionné par sa facilité d'adaptation.

J'écoute le message.

Le message m'informe que Bénédicte est devant la grille du château. Elle veut qu'on puisse parler sans cris, sans hurlements, sans s'arracher les yeux.

Je me lève. J'embrasse sur le front chaque membre du groupe et marche lentement jusqu'à la grille de la clinique.

Je l'aperçois qui fait les cent pas devant sa voiture.

Elle semble nerveuse.

Je quitte la clinique.

Il va falloir que je reste calme.

ÉPILOGUE POUR HAPPY FEW

Soixante-dix ans.

Je n'ai presque rien vu venir. Soixante-dix ans et des médicaments pour le cœur. Des médicaments pour le cœur, franchement. De ma chaise-longue, je vois Simon jouer avec mon petit-fils sur les graviers. Simon me déteste. Mon dernier enfant me déteste. Mieux que ça, il me méprise. Gosse, déjà, il avait honte de moi lorsque, chez sa mère, il me voyait sourire le dimanche soir à la télévision. J'avais beau lui expliquer que les écrivains n'étaient que de simples bêtes de foire obligées de sourire, il ne m'écoutait pas. J'avais beau lui dire :

« Écrire est un métier aussi dégoûtant qu'un autre, Simon. Un métier où plus personne n'a le choix. Il faut aller aux signatures. Il faut faire semblant d'écouter les gens qui te parlent de tes livres sans tirer à balles réelles sur qui que ce soit. Il faut être capable de faire commerce de sa vie privée pour dix mille exemplaires de plus. L'époque "Modiano" est terminée, Simon.

— Modiano ne sera jamais terminé, qu'il me rétorquait. On a toujours le choix, on n'est jamais obligé de rien, c'est toi même qui as choisi de te compromettre. Ce n'est pas parce que tu es lâche que les autres n'ont pas le droit d'être libres. »

J'ai repris espoir lorsqu'à la fin de l'adolescence je l'ai vu remplir des petits carnets noirs avec le visage d'un assassin.

« Tu veux publier ? » que j'avais demandé, moi, comme ça, un soir, en pointant du menton ses carnets, histoire de manifester de l'intérêt avec la mine du type qui maîtrise le milieu.

« Oui, je veux publier, il m'avait répondu, plantant ses yeux dans les miens, je veux publier l'inverse de ce que tu as écrit. »

Puis, souhaitant me blesser au plus profond, il avait poursuivi :

« Si, un jour, je donne mes carnets à un éditeur, ce sera aux éditions Verticales et à personne d'autre. »

Coup bas, ai-je songé.

À l'époque où je fêtais mon départ de Paris tous les trois mois, je fréquentais un thérapeute comportementaliste qui savait me réconforter. Avec lui, ce n'était jamais ma faute. Je raffolais d'une telle attitude. Avec lui, je déculpabilisais. Simon, m'expliquait-il dans son grand bureau rouge, Simon, répétait-il de manière implicite en faisant en sorte que ce soit moi qui formule « Simon », votre fils Simon traverse une passe classique où il est essentiel de défier l'autorité. À savoir celle de son père. À savoir vous, Frank. Hormis le fait que je n'avais jamais exercé la moindre forme d'autorité sur Simon, l'analyse du comportementaliste semblait rassurante.

Depuis son divorce, Simon m'aime encore moins qu'avant. Je sens qu'il me reproche l'échec de son couple. Comme si c'était ma faute. Comme si c'étaient mes gènes qui lui avaient transmis l'impossibilité d'une vie sentimentale. Alexandra, ma quatrième femme, vient de me servir une eau gazeuse avec un sirop de menthe sans sucre. Je ne mange plus ni sucre ni sel. Je ne fume plus. L'alcool n'est qu'un lointain souvenir, évidemment. Je ne parle pas des cachets, de la cocaïne ni d'autres beautés chimiques. Ils font partie des albums photos de mon ancienne vie. Je me réveille à cinq heures du matin. Je me balade sous les arbres de ma propriété. Mes journées sont plus longues que mes nuits. Je commence à aimer mes journées. Sans aucune raison valable, je voudrais rester vivant encore quelques années.

Je prends l'apéritif avec Simon, Alexandra, Tristan (mon petit-fils) et la nouvelle amie de Simon, que nous découvrons pour la première fois : Nina (24 ans). Les cheveux bruns coupés court de Nina, son visage androgyne et ses jambes longues dans une robe noire calment l'assemblée, et de vieux rêves me tirent par la manche. Depuis de nombreuses années j'ai renoncé à séduire, y compris les petites amies de mon fils.

« Alors comme ça, me demande Nina, vous avez bien connu Michel Drucker ?

— Exact, j'ai bien connu Michel. Un jour, il m'a proposé de remplacer Pierre Bénichou. J'ai accepté. Le jour de la mort de Michel, j'étais à Cabourg. Je faisais le marché. J'ai eu beaucoup de peine. »

Simon se lève et se dirige vers la cuisine. Il ne supporte pas que j'évoque Michel, ça le rend dingue. Il ne supporte pas non plus ma nouvelle femme, Alexandra, et encore moins son ancien métier de mannequin serbe.

Aimer un mannequin comme Alexandra est un plaisir de pédophile, m'avait lancé Simon, il y a peu.

Je le retrouve près du lave-vaisselle et pose une main tendre sur son épaule crispée. Il se retourne :

« Qui va te regretter quand tu seras mort, toi, Papa ?

— …

— Personne ne se souvient que tu as fait ton maximum, il y a longtemps, pour pondre un troisième livre tout à fait moyen.

— …

— Alors, qui va te regretter ?

— Toi, chéri. »

Il me dévisage. Son sourcil gauche se lève lorsqu'il est énervé, comme le mien. Il doit certainement détester son sourcil gauche.

« Je n'aime pas ce que tu es, Papa. Je n'aime pas le peignoir que tu portes à ton âge, je n'aime pas ton manque total d'engagement, je n'aime pas ton sourire sarcastique qui te fait plisser les yeux et encore moins le son de ta voix. »

Je l'embrasse sur le front. « Je n'aime pas ce geste-là non plus », ajoute-t-il.

Je m'amuse à l'idée qu'un jour, ce geste puisse lui manquer. Ce n'est pas sûr encore.

Je m'enfonce dans un fauteuil avec en fond sonore la revue de presse de mon fils sur l'actualité du monde. Il se passionne pour l'actualité, les guerres civiles et la sauvegarde de la planète. À ma deuxième tisane de thym, il me reproche mon absence de position sur la MDLB, la « maladie du long baiser », un fléau qui est apparu en janvier 2033 et qui empêche les gens de s'embrasser sur la bouche sous peine de mourir dans les mois qui suivent dans d'atroces souffrances. Cette nouvelle maladie touche essentiellement les jeunes personnes. Pourquoi ? Parce qu'il n'existe que les adolescents pour s'aimer assez au point de s'embrasser plus d'une minute et trente secondes. Ensuite. Enfin, ensuite, tout le monde sait comment les choses se passent.

Maintenant, on distribue du film plastique dans les collèges, les lycées, les boîtes de nuit pour éviter les contaminations supplémentaires. Les animateurs radio lancent des campagnes publicitaires géantes afin d'expliquer qu'embrasser avec un film plastique procure un surcroît de plaisir à vos lèvres.

« Comment vivre sans embrasser vraiment des inconnus, Simon ?

— Cette question est inacceptable, Papa. En te complaisant dans cette pose pseudo-romanesque, tu te comportes en collaborateur, en écrivaillon réactionnaire.

— Pourquoi ?

— Se prétendre romanesque en ce moment est une attitude réactionnaire en soi.

— Mince.

— Songe, une seconde, à la détresse de la nouvelle génération, s'il te plaît.

— Simon, calme-toi, il faut bien mourir de quelque chose.

— Ferme-la. En continuant à énoncer ce genre de phrase, on pousse à la mort peut-être des milliers d'adolescents. Voilà ce que tu es, Papa. Un assassin. Un réactionnaire. Un nazi. »

Un nazi. Moi qui ai chanté *La Marseillaise* sur le parvis du Trocadéro en avril 2002 avec Daphné Roulier. Simon n'était pas né et la France n'en menait pas large, à l'époque.

Cette journée touche à sa fin. J'ai parlé peu. À chaque phrase, mon fils m'a contredit. Tout cela me fatigue. Physiquement, il est devenu plus fort que moi. Nous avons fait une partie d'échecs avec Nina. C'est elle qui m'a proposé ça. Nous avons pris un plaisir réciproque à se faire manger les pièces par l'autre. C'était une partie d'échecs bien étrange. Une partie à l'envers. Une partie attirée par le désastre.

J'embrassais le petit Tristan lorsque sa mère est arrivée. Encore assez belle malgré ses 32 ans. Elle se tenait debout dans le hall de la maison, les poings serrés, les yeux injectés de sang.

J'ai vu Simon ramener ses cheveux en arrière, le visage contrarié. Il lui ressemble incroyablement dans ces cas-là. Mon fils a tenté, à voix basse, de raisonner son ex-femme. Mais nous avons entendu cette femme siffler :

« Je veux voir la gueule de cette petite traînée. Rien que sa gueule. »

Nina s'est levée, impériale face à ce début de tempête. La mère de Tristan, en une seconde, s'est jetée sur elle, a déchiré sa robe et lui a griffé le visage. Il en aurait fallu beaucoup plus pour rendre Nina laide.

Plus tard, Simon raccompagne la mère de Tristan jusque chez elle.

Alexandra s'occupe de mon petit-fils – traumatisé à jamais – au premier étage.

Dans la salle de bains, je soigne les blessures de Nina. Il faut bien que quelqu'un s'occupe de cette jeune femme.

« Je suis désolée pour cette journée, murmure- t-elle.

— Taisez-vous. Nous sommes dimanche.

— Quelle différence ?

— C'est très bien, un dimanche où il se passe quelque chose. »

Puis, alors que je prends soin de son genou avec du Cicatril et de l'alcool à 70° modifié :

« Dites-moi, Frank, d'où vient le caractère de Simon ?

— C'est-à-dire ?

— Son côté incorruptible.
— Pas de moi.
— ...
— De Bénédicte, en fait. »

Sa mère marchait vite, trouvait un job de serveuse en trente secondes et voulait que le monde s'améliore. Sa mère était capable de voyager en bus des semaines entières pour prendre une seule photo.

Elle avait un caractère de chien et fabriquait un drame toutes les deux heures. C'était le genre de fille pour laquelle on faisait, le sourire aux lèvres, d'affreuses erreurs.

Comme un mauvais livre ou un bel enfant.